POLÍTICA

Míriam Moraes

POLÍTICA

Como decifrar o que significa a Política
e não ser passado para trás.
Um guia politicamente correto para entender o sistema
de poder no Brasil, opinar e debater a respeito.

GERAÇÃO

1ª edição — Setembro de 2014

Grafia atualizada segundo o Acordo Ortográfico da Língua Portuguesa
de 1990, que entrou em vigor no Brasil em 2009.

Editor e Publisher
Luiz Fernando Emediato

Diretora Editorial
Fernanda Emediato

Produtora Editorial e Gráfica
Priscila Hernandez

Assistentes Editoriais
Adriana Carvalho
Carla Anaya Del Matto

Capa
Raul Fernandes

Projeto Gráfico
Alan Maia

Diagramação
Kauan Sales

Preparação de Texto
Sandra Martha Dolinsky

Revisão
Juliana Amato
Marcia Benjamim

DADOS INTERNACIONAIS DE CATALOGAÇÃO NA PUBLICAÇÃO (CIP)
(Câmara Brasileira do Livro, SP, Brasil)

Moraes, Míriam
Política : como decifrar o que significa a política e não ser passado para trás : um guia politicamente correto para entender o sistema de poder no Brasil, opinar e debater a respeito / Míriam Moraes. -- São Paulo : Geração Editorial, 2014. --

ISBN 978-85-8130-260-7

1. Política I. Título.

14-07974 CDD: 320

Índices para catálogo sistemático

1. Ciência política 320

GERAÇÃO EDITORIAL

Rua Gomes Freire, 225/229 – Lapa
CEP: 05075-010 – São Paulo – SP
Telefax.: +55 11 3256-4444
E-mail: geracaoeditorial@geracaoeditorial.com.br
www.geracaoeditorial.com.br

Impresso no Brasil
Printed in Brazil

ÍNDICE

QUARTA PARTE: ASSUNTOS QUE ESTÃO NA PAUTA DE DEBATES NA ATUALIDADE

QUINTA PARTE: COMO ESCOLHER SEUS CANDIDATOS

APRESENTAÇÃO

POLÍTICA – DECIFRA-ME OU TE DEVORO

Entendendo a política no Brasil de hoje

O que você pensa quando ouve alguém dizer: "Não gosto de respirar" ou "Não gosto de água"?

Certamente veria nessa pessoa um perfil infantil ou pouco reflexivo. Trocando em miúdos: uma inteligência limitada. Não seria uma fala que o tornaria interessado em desenvolver diálogo ou aprofundar a conversa. Algumas coisas não se escolhem; elas simplesmente são parte natural da vida. De uma forma ou de outra, o sujeito continuará inalando ar enquanto estiver vivo, e o corpo humano continuará dependendo da água ainda que a tempere com alguma dose de cafeína, álcool ou qualquer substância que a torne mais (ou menos) palatável, e ainda que tais substâncias sejam nocivas à saúde.

O mesmo ocorre quando alguém afirma: "Não gosto de política". Essa é outra afirmação infantil e irrefletida. Querendo ou não, somos todos seres sociais. E a política é o oxigênio da vida social. E se você acordasse de manhã com a notícia de que todo o dinheiro que tinha na conta bancária foi confiscado pelo governo (acredite, isso já ocorreu no Brasil), ou que os direitos trabalhistas foram todos suspensos (incluindo direito a férias, 13º salário, o salário em si, aviso prévio, FGTS...), passando a prevalecer a partir de então a livre negociação entre você e seu chefe? Provavelmente ficaria indignado ao ver quanto sua vida pode mudar em decorrência de um único ato político. Enquanto estivermos vivos, seremos naturalmente permeáveis à política, pois ela se manifesta a todo instante em nosso modo de vida. Podemos, logicamente, temperá-la com alguma dose de desprezo, indiferença, zombaria ou agressividade, tornando-a nociva à saúde da sociedade da qual fazemos parte, mas é impossível renunciar a ela, já que mesmo a omissão ou inércia produzem seus efeitos; efeitos tão determinantes quanto a opção de assumir seu papel político, o papel de cidadão.

Quando nascemos, o médico dá uma palmadinha em nosso traseiro para nos forçar ao movimento de respiração. Quando sugamos o leite nas primeiras vezes, corremos o risco de sufocar (as mães dão aquela clássica assopradinha na testa do bebê) e vamos evoluindo na tarefa de deglutir líquidos e depois alimentos sólidos. A todo instante levamos palmadinhas de maior ou menor intensidade em nosso traseiro para nos forçar ao movimento no contexto político. E quando nos chegam as primeiras informações podemos engasgar e assim permanecer ao longo da vida, mas podemos aprender a deglutir cada vez mais informações que nos tornem aptos a decifrar o conteúdo integral dos fatos políticos cotidianos.

Ninguém nasce sabendo: todos os nossos pontos fortes e fracos são determinados pela dedicação que empregamos em aprender. Assim como aprendemos a comer, andar, correr, ler e escrever, é preciso aprender um pouco dessa incrível ciência que regula a sociedade para não nos tornarmos incapacitados para questionar, fazer escolhas e, sobretudo, opinar sobre ela.

"Todo político é ladrão." Quem não ouviu isso vezes sem conta? Mas qual o sentido dessa afirmação? Se todos os políticos são ladrões, das duas, uma: ou os políticos são todos *experts* em violar cofres de segurança máxima, ou temos um cofre permanentemente aberto, à disposição de quem quiser pegar o que estaria, na prática, à sua disposição. Essa facilidade muito provavelmente levaria os políticos a entender que não estariam cometendo um ato ilícito, mas apenas usufruindo uma liberdade que é oferecida à sua categoria profissional.

O cofre aberto seria uma forma de organização da atividade, do SISTEMA político. O SISTEMA pode manter cofres abertos ou lacrados. Ele decide quem, como e por que alguém poderia acessá-lo. Portanto, o sistema faz muita diferença entre a ordem e o caos econômico e social de um país. Nesse primeiro módulo, focaremos a base da organização e o sistema que vigora no Brasil. Será uma pitada da informação necessária para que você possa compreender o noticiário e os temas mais recorrentes no Brasil.

"*Por que eu deveria me interessar por isso?*", você pode se perguntar.

PRIMEIRO: Para não ser um alienado, sem capacidade de formar juízo próprio sobre as questões e incapaz de participar das rodas de conversas interessantes que sempre surgirão à sua volta. É preciso algum conhecimento para não ser visto como um completo obtuso, uma posição nada honrosa ou agradável de se ocupar.

SEGUNDO: Como vimos acima, de uma forma ou de outra você estará atuando, ainda que por meio da omissão. Então, é mais inteligente atuar sabendo a quem ou a que linha de ação sua atitude (ou a ausência dela) estará favorecendo. E...

Terceiro: "*O homem é um animal político*", já dizia Aristóteles. Com ou sem sua vontade, a política está seguindo um curso do qual você é agente ativo (faz parte dele) e passivo (sofre seus efeitos) ao mesmo tempo. Dependendo do modo como a política se desenvolva e o curso que tome sua vida acabará se tornando parecida com a de um norueguês, sueco, francês ou de um indiano, chinês, somaliano, haitiano... Porque todos aqueles destinos foram traçados por atos e sistemas políticos que resultaram na realidade em que cada um desses povos está inserido. E todo o progresso ou penúria coletiva produzida pela política chegará até você. E o que é mais sério, muito antes do que você imagina.

Entender a política pode ser um desafio, mas é vibrante. E todos os dias de nossa vida, de algum modo, essa grande esfinge chamada política nos lança sua sentença: "Decifra-me ou te devoro".

As páginas seguintes possibilitam que você trilhe o caminho mais inteligente. Elas o ajudarão a decifrar esse enigma e o capacitarão para atuar com eficiência nos meandros da política, antes que ela devore seu futuro e o de nosso país.

GLOSSÁRIO BÁSICO

Definições importantes para compreensão do conteúdo

Termos que você encontra sempre em matérias e noticiários

POLÍTICA: Ciência da organização social, da administração de um município, estado ou nação; daquilo que é público.

POLÍTICO: (Vulgo) Profissional eleito ou indicado que atua na esfera da organização pública. (Genérico) Todo ser humano é político, visto que está inserido e atua no contexto político por ação ou omissão.

PARLAMENTO: Câmara de deputados, ou deputados e senadores, ou vereadores, que exercem o poder Legislativo ou de legislar sobre as questões do país, do estado ou do município.

PARLAMENTARES: Aqueles que são eleitos para os cargos do Legislativo, ou seja, vereadores, deputados estaduais, deputados federais e senadores.

CONGRESSO FEDERAL: Sede da câmara dos deputados federais e senado.

GLOSSÁRIO

ASSEMBLEIA LEGISLATIVA: Sede onde se reúnem os deputados estaduais que legislam sobre as questões dos estados.

CÂMARAS DE VEREADORES: Câmara que reúne os vereadores e legisla sobre as questões das cidades (municípios).

DITADURA: Sistema de governo no qual um grupo determina os rumos do país. Não há direito ao voto popular. Governadores e prefeitos são escolhidos pelo grupo que assume o comando.

DEMOCRACIA: Sistema em que o povo elege seus representantes exercendo o direito ao voto e diversos instrumentos de participação da população na condução do país.

GOLPE DE ESTADO: A derrubada de um governo legítimo de acordo com a Constituição do país. Os golpes podem ocorrer com ou sem violência, com ou sem apoio popular.

PROGRAMAS SOCIAIS: Ações do governo com o fim de garantir condições para a sobrevivência e dignidade dos cidadãos, gerar igualdade de oportunidades, promover aqueles que se encontram em situação de exclusão social.

ECONOMIA: Ciência que analisa a produção, distribuição e consumo dos bens das organizações humanas. Imprescindível para analisar, compreender e julgar os atos políticos.

MERCADO INTERNO: Movimento ou potencial de comércio dentro de um estado ou país.

MERCADO EXTERNO: Movimento ou potencial de comércio com outros países por meio das exportações e importações.

BALANÇA COMERCIAL: Resultado das exportações (+) e importações (-) realizadas pelo país.

PIB: Produto Interno Bruto, ou soma das riquezas do país.

PIB *PER CAPITA*: É o PIB dividido por habitantes, ou "por cabeça".

EMPRESAS ESTATAIS: São aquelas de propriedade do Estado na totalidade ou na maior parte, não sendo o lucro sua finalidade principal.

EMPRESAS PRIVADAS: São empresas de propriedade particular que atuam visando o lucro.

SERVIÇOS PÚBLICOS: São serviços oferecidos pelo governo que podem ser gratuitos (saúde, educação) ou pagos pela população (energia elétrica, combustíveis).

PRIVATIZAÇÕES: Quando o governo vende a empresa estatal que passa a ser controlada por grupos de investidores que visam lucro.

IDEOLOGIA: Conjunto de ideias e visão de mundo de um indivíduo ou um povo; define o que considera ideal para a sociedade e sobretudo para a política.

PRIMEIRA PARTE

Base Ideológica e Partidos Políticos

O que dizem por aí...

"ISSO NÃO EXISTE MAIS..."

"CLARO QUE SEI O QUE É ESQUERDA E DIREITA: SÃO PARTIDOS POLÍTICOS"

"UM É DO BEM, O OUTRO É DO MAL"

COMUNISMO É
QUANDO VÃO TOMAR
SUA CASA, CARRO...

CAPÍTULO 1

DIREITA E ESQUERDA

CAPITALISMO – SOCIALISMO – COMUNISMO

"DIREITA É DOS
RICOS, ESQUERDA
DOS POBRES"

CAPÍTULO 1

Origem dos termos Direita e Esquerda

O conceito "Direita e Esquerda" nasceu de um costume. Na Assembleia Nacional Constituinte Francesa, no tempo de Luís XVI, nos anos finais do século XVIII. Os representantes dos nobres e dos ricos costumavam se sentar na fileira de cadeiras que ficava à direita do rei. Eram os conservadores, aqueles que não queriam grandes alterações na ordem social e política que os beneficiava por meio de um sistema de privilégios aos nobres.

Os representantes da pequena e média burguesia ficavam à esquerda. Eram os que desejavam o fim dos privilégios e uma reforma política e social que acreditavam ser o melhor caminho para tirar a França da crise. Com o tempo, as pessoas começaram a se referir a eles como sendo da direita ou da esquerda, representando o grupo ideológico a que pertenciam.

Essa terminologia ganhou o mundo, sendo adotada inicialmente pelos jornais, e depois pela mídia em geral. Desse modo, historicamente a expressão "direita política" passou a identificar o partido dos economicamente privilegiados e dos conservadores, enquanto a expressão "esquerda política" ficou como o partido dos menos privilegiados e defensores das políticas de inclusão social.

Como você viu, direita e esquerda agrupavam dois polos distintos e originariamente inconciliáveis de ideal de organização social.

DIREITA: Defende os ideais do capitalismo tais como a livre iniciativa, a meritocracia (cada um terá o fruto do próprio esforço), mínima interferência do Estado nas questões sociais e políticas, serviços públicos prestados por empresas privadas.

Os ideais da direita são incompatíveis com a defesa de direitos trabalhistas e serviços públicos gratuitos (como saúde e educação), pois partem do princípio de que o governo deve interferir minimamente nas questões do país, permitindo que a sociedade se organize livremente por meio da oferta e da procura. A conquista individual como base forma classes sociais — alta, média ou baixa —, o que é visto nessa concepção como algo natural, pois as desigualdades sociais resultam da desigualdade dos esforços de cada um.

ESQUERDA: Defende maior participação do Estado nas questões sociais do país, cabendo ao governo a promoção da igualdade de oportunidades, políticas de proteção social e individuais, distribuição de renda e garantia de vida digna para todos os cidadãos. Essa linha de pensamento defende que serviços essenciais (saúde, educação, segurança...) sejam de responsabilidade do governo e geridos por estatais com o fim de atingir a todos igualmente. A esquerda se identifica com o conceito de que a segregação social produz a violência, que tem como raiz a desigualdade de oportunidades, e que os recursos naturais do país não devem ser cedidos a particulares para obtenção de lucro individual ou de empresas, mas administrados com o fim de implementar a riqueza do país e do povo.

Essas duas linhas de pensamento resultaram nos sistemas econômicos que hoje são adotados em diversos países:

CAPITALISMO – SOCIALISMO – COMUNISMO

DIREITA

CAPITALISMO OU LIBERALISMO ECONÔMICO

***Livre iniciativa:** Cada um investe o próprio dinheiro ou recursos para produzir o que achar conveniente com a finalidade de lucro.

***Estado mínimo:** Quanto menos regras e interferência do Estado, melhor. Empresas e consumidores ajustam livremente suas relações.

***Garantias trabalhistas:** Não há. O ajuste se dá por livre acordo entre patrões e empregados.

***Saúde:** Não há saúde pública e gratuita.

***Educação:** O Estado garante o ensino básico. O ensino superior não é gratuito.

***Impostos:** Baixos, já que o Estado não presta serviços gratuitos para a população.

***Regulação social:** Cada um obtém o resultado do esforço pessoal, sendo natural a existência das classes sociais alta, média e baixa.

***Exemplos:** Estados Unidos e Japão.

CENTRO

SOCIALISMO DEMOCRÁTICO OU SOCIAL DEMOCRACIA

***Bem-estar social:** Todo indivíduo tem direito a um conjunto de bens e serviços garantidos, seja direta ou indiretamente, mediante o poder do Estado de regulamentação sobre a sociedade civil.

***Estado mediador:** O Estado atua como agente da promoção (protetor e defensor) social e organizador da economia.

***Garantias trabalhistas:** Forte rede de proteção ao trabalhador, regulando carga horária, proteção contra demissões, seguro desemprego etc.

***Saúde:** Gratuita (nos países escandinavos), ou custeada pelo governo de acordo com a necessidade do indivíduo.

***Educação:** O Estado garante o ensino em todos os níveis, incluindo o ensino superior.

***Impostos:** Altos, já que o Estado presta amplos serviços gratuitos para a população.

***Regulação social:** Foco na promoção da igualdade social.

***Exemplos:** Noruega, França, Alemanha.

ESQUERDA

COMUNISMO OU SOCIALISMO MARXISTA

***Sociedade igualitária:** Todos os bens e meios de produção pertencem ao povo, que produz e divide de acordo com as necessidades da população.

***Ausência total do Estado no marxismo puro ou Estado centralizador no socialismo.** A população decide, por meio de assembleias, como os recursos serão distribuídos.

***Garantias trabalhistas:** Não haveria divisão entre patrões e empregados, já que os meios de produção são coletivos e os trabalhadores compartilham os resultados.

***Saúde:** Gratuita e universal.

***Educação:** Gratuita em todos os níveis.

***Impostos:** Inexistentes na visão de Marx, já que tudo pertence ao povo.

***Regulação social:** Ausência de classes sociais.

***Exemplos:** Cuba e China (sendo a China um modelo mesclado com o capitalismo).

O QUE ISSO TEM A VER COM OS PARTIDOS POLÍTICOS NO BRASIL?

Assim como em todos os países, os partidos são organizados de acordo com a ideologia de direita e esquerda e suas variáveis. Veja como os principais partidos se posicionam dentro desse contexto de acordo com os ideais que defendem, suas propostas e modelos de gestão:

PARTIDOS BRASILEIROS AGRUPADOS POR CORRENTES IDEOLÓGICAS

CAPITALISTAS (LIBERALISMO) – DIREITA OU CENTRO-DIREITA

SOCIALISMO DEMOCRÁTICO OU SOCIAL DEMOCRACIA – ESQUERDA OU CENTRO-ESQUERDA

PARTIDOS DE CENTRO

PARTIDOS COMUNISTAS OU SOCIALISTAS MARXISTAS – ESQUERDA

Notam-se nas últimas gestões no governo federal as seguintes características que formam uma polarização ideológica e propiciam a identificação com base nos estilos de governo:

PSDB: Forte movimento de privatizações, alinhando-se aos projetos e propostas do liberalismo; parceria prioritária com o governo americano (capitalista).

PT: Fortalecimento das empresas públicas e estatais, forte atuação do Estado na promoção da igualdade social, parceria prioritária com países sociais-democratas europeus, da América do Sul e socialistas. inserir:

* Observações

1 – PMDB e PV: podem se alinhar mais à direita ou à esquerda dependendo das alianças partidárias.

2 – PSB: Historicamente alinhado à esquerda, apresenta-se nas eleições de 2014 com propostas econômicas neoliberais.

DÚVIDAS?

Pode-se dizer que a esquerda representa os pobres, e a direita, os ricos?

Seria uma visão simplista e reducionista, pois os partidos possuem visão diferente de como alcançar o desenvolvimento econômico e social.

A França tinha uma sociedade desigual há duzentos anos e hoje é um país rico. Por que o Brasil continua pobre? Não seria acomodação dos brasileiros?

A França tem um território de aproximadamente 544 km^2, enquanto o Brasil tem 8.515.767,049 Km^2. Ou seja, somos dezessete Franças, considerando o tamanho. Ao contrário dos países pequenos, há regiões no Brasil onde ainda hoje não há uma única escola, para não falarmos de universidades. Também não existem empregos que possibilitem aos jovens alcançar melhores condições de vida. São regiões onde as crianças entram cedo no trabalho da lavoura, do corte de cana, para ajudar no sustento da família, já que a exploração da mão de obra no trabalho rural é uma tradição no Brasil desde os tempos da escravatura.

Por outro lado, as regiões Sul e Sudeste do Brasil sempre foram beneficiadas pelos governos, que esqueceram as regiões Norte, Nordeste e boa parte do Centro-Oeste, delas expropriando a matéria-prima sem retornar com os lucros em forma de investimentos.

Considerando a natureza do homem, pela qual alguns se esforçam mais e outros menos, não seria evidentemente mais justa a tese da direita, ou seja, que cada um obtenha os resultados do trabalho e esforço próprios?

Vamos imaginar duas crianças — criança A e criança B — que nasçam no mesmo dia, ambas pobres. A criança A nasceu em uma cidade do estado de São Paulo; a criança B no semiárido do Nordeste.

A cultura dos centros urbanos, há décadas, é de valorização do estudo como meio de progresso, enquanto a cultura das regiões agrícolas, incentivada pelos donos de plantação, é a de que o homem de valor é o que pega no cabo da enxada, e que estudar não mata a fome.

Os pais da criança A a incentivarão a estudar para não ser pobre como eles no futuro. Os pais da criança B exigirão que ela vá para a lavoura para ajudar a colocar comida no prato. Aos sete anos, uma delas estará na escola, a outra na lavoura.

Na adolescência, a criança A estará alfabetizada e poderá conseguir um emprego que lhe permita prosseguir os estudos. Já a criança B será analfabeta, tornando cada vez menos possível encontrar uma forma de escapar de sua sina.

Assim como é normal que filhos de médicos escolham formar-se em medicina, filhos de advogados e juízes formarem-se em direito, os filhos dos trabalhadores em regime de semiescravidão tendem a reproduzir a história de vida dos pais, tanto pelo poder de influência cultural quanto pelo fator oportunidade.

Sem um ponto de partida mais igualitário, ainda que a criança B fosse mais esforçada e trabalhadora que a A, os resultados não sofreriam mudanças. Quando o ponto de partida é desigual, o ponto de chegada jamais será o mesmo.

Esse ciclo só pode ser rompido com a interferência do Estado, que de acordo com as leis brasileiras, tem o dever de levar oportunidades para as regiões historicamente esquecidas, uma obrigação negligenciada pelo poder público por séculos a fio.

Considerando que os Estados Unidos, com um território maior que o do Brasil, e o Japão, são as maiores economias do planeta, seria correto afirmar que o capitalismo é o melhor sistema econômico?

Toda análise do contexto atual necessita uma visão histórica para uma conclusão mais sólida. Os Estados Unidos foram colonizados por trabalhadores que chegavam sem recursos, oriundos de diversos países. Eles precisaram se unir para se defender dos ataques da comunidade indígena, com a qual disputavam a terra, e para garantir o plantio e a colheita, funcionando inicialmente em um regime similar ao comunismo. Só com a chegada dos escravos o sistema de cooperativa cedeu espaço ao modelo capitalista. Em 1930, o capitalismo outra vez perderia espaço com a Grande Crise que deixou a maior parte da população americana desempregada e em situação de miséria. O presidente Franklin Delano Roosevelt, entre outras medidas, instituiu o socorro financeiro aos pobres, sendo duramente criticado por seus adversários políticos. Mas o plano dele era aumentar o consumo para gerar demanda nas fábricas, que, por sua vez, gerariam empregos, e isso faria circular a roda da economia. Deu certo. Foi nessa ocasião que se popularizou a frase: "Não se deve dar o peixe, mas ensinar a pescar". Mas foi inicialmente "dando o peixe" que a cadeia produtiva foi restaurada, medida que ele adotou junto aos países europeus, ajudando-os financeiramente para criar novos mercados consumidores.

Outro fator a ser considerado é que as nações mais ricas da era contemporânea tiveram um passado de exploração pelas mãos de outros países por meio das colonizações. A Inglaterra foi uma grande colonizadora, especialmente dos países africanos e do Oriente Médio, de onde retiravam recursos naturais sem dar retorno digno a esses países, resultando na situação de miséria extrema que se observa na maioria das ex-colônias. O Japão colonizou a China, Coreia e diversos países asiáticos. Já os EUA ampliaram seu domínio por meio da compra de territórios ou da ocupação branca, como ocorreu no Havaí, Costa Rica e Cuba (pré-revolução). As relações comerciais de empresas americanas com países pobres sofrem duras críticas por terem em vista apenas o bem-estar de seus cidadãos, contribuindo com a situação de miséria nas nações com as quais mantém relações comerciais em situação desigual, baseando-se na lei do mais forte.

Portanto, não há parâmetros para avaliar os resultados dos modelos econômicos caso essas expropriações de outras nações não houvessem ocorrido e cada país tivesse que contar com seus próprios recursos ou aqueles obtidos em relações comerciais justas e equivalentes.

Por que os países mais ricos não são os que aparecem como aqueles com melhores condições de vida?

A qualidade de vida depende da maneira como a riqueza do país é distribuída. O Japão, por exemplo, é a segunda maior economia do planeta, mas há milhares de cidadãos vivendo em condições sub-humanas e trabalhando em condições análogas à dos escravos, em troca de um salário que não garante a sobrevivência em condições dignas. Considerando as moradias, as mansões dos milionários contrastam com os espaços de habitação que comportam apenas uma cama e um fogão. Os apartamentos de dois metros quadrados no Japão tornam-se cada vez mais populares, em contraste com as luxuosas mansões dos magnatas.

Os Estados Unidos, de vinte anos para cá, vêm perdendo o equilíbrio social. Atualmente a desigualdade é crescente, e aumenta o número de pessoas que moram em barracas ou *trailers*, enquanto os mais ricos se tornam cada vez mais ricos. Já nos países com maior qualidade de vida, como Noruega, Suécia, França, Alemanha, o governo adota medidas para evitar a concentração de renda nas mãos de alguns, amparando por meio de diversos programas sociais seus cidadãos, o que chamamos de "rede de proteção contra a pobreza". A diferença de condições de vida, como moradia, acesso aos serviços de saúde e educação praticamente inexiste nesses países.

VOCÊ SABIA????

- Sob uma cultura mundial predominantemente capitalista, atualmente só 2% da população concentram mais da metade da riqueza mundial.
- A cada três segundos alguém morre de fome no mundo, em grande parte graças ao histórico das colonizações antigas ou modernas.

DICAS PARA DEBATER

DEBATE ≠ EMBATE

DEBATE: É uma troca de ideias amigável quando ocorre divergência de opiniões, com o propósito de analisar as razões ou os fundamentos dos diferentes pontos de vista. A ideia não é vencer, mas ampliar horizontes intelectuais. Só aprende quem debate. Os argumentos do outro nos ajudam a compor nosso próprio repertório.

EMBATE: É confronto, briga, disputa... UFC.

1 - Em um debate de ideias não vale dizer "ESSA É MINHA OPINIÃO".
O fato de uma opinião pertencer a você ou a quem quer que seja não a torna mais inteligente, e ainda indica que provavelmente não tem bases sólidas, que falta argumento ao debatedor e que ele não tem mais para onde correr. Opinião é sempre embasada, fundamentada. Exponha os fundamentos do seu ponto de vista e analise os do outro. Dizer "não sei, mas vou pesquisar" é mais inteligente e produtivo, sobretudo se estiver falando sério.

2 - Evite expressões grosseiras e termos muito usuais, como "roubalheira", "safados" etc.
Lembre-se de que você não está em um tribunal exercendo o papel de juiz. Analise e comente os atos, evite adjetivar as pessoas sobre quem fala. Bom ou ruim, melhor ou pior são julgamentos relativos. Exponha os fatos.

3 - Lembre-se de que um fato não se torna verdadeiro por ter sido impresso ou dito na televisão.
"Eu li" não é o bastante. A história levou quase um século e meio para mostrar que a princesa Isabel sabia o que estava fazendo quando assinou a Lei Áurea e que tinha mesmo o propósito de colocar fim à escravidão no Brasil. Portanto, tudo merece ser questionado.

4 - Não particularize a informação.
"Um amigo meu conhece...", "Uma pessoa lá de dentro me contou..." Se uma legião de jornalistas não sabe, o Ministério Público não sabe, a informação não aparece em nenhum veículo de comunicação... Ainda que seu amigo tenha se afirmado portador desse incrível segredo de Estado, em um debate isso é elemento morto, e o assunto passará para o patamar de credibilidade que recebem aqueles que já viram disco voador.

5 - Evite as generalizações.
Dizer que todos roubam é inocentar todo o mundo da responsabilidade. Não há no universo um fio de cabelo exatamente como outro, e com políticos e partidos não é diferente. Existe o *ranking* da corrupção por partidos e diversos *sites* que podem informar sobre cada político. Afinal, nem todos constroem castelos ou vivem fora das possibilidades de seus rendimentos. Isso equivale a dizer: "Tenho preguiça de pesquisar, mas quero falar assim mesmo".

6 - Se você está estudando para concursos públicos, evite defender o Estado mínimo.
Defender uma coisa para você e outra para a sociedade equivale a dizer que está se "aproveitando" da possibilidade de estabilidade enquanto pode, mesmo que não a defenda. Isso é oportunismo.

O que dizem por aí...

"POLÍTICOS SÃO TODOS FARINHA DO MESMO SACO."

"O QUE IMPORTA É O CANDIDATO, NÃO O PARTIDO."

"EU ME ORGULHO DE SER APARTIDÁRIO."

CAPÍTULO 2

PARTIDOS POLÍTICOS

"DEVIAM ACABAR COM OS PARTIDOS POLÍTICOS."

CAPÍTULO 2

BREVE DEFINIÇÃO

Como você já sabe, os partidos políticos são aglomerados de pessoas que defendem um conjunto de ideias semelhantes. No Brasil, temos atualmente **32 partidos políticos** com ideais de direita, esquerda ou de centro.

Apesar de estarmos mais acostumados a prestar atenção nos candidatos aos cargos do poder executivo — presidente, governador e prefeito —, os cargos de apoio, como ministros, secretários de estado ou secretários municipais serão ocupados por pessoas do mesmo partido ou dos partidos que formam sua base de apoio. E para aplicar as mudanças que o presidente, governador ou prefeito pretendem fazer, ele dependerá da iniciativa ou do apoio do Legislativo, ou seja, dos senadores, deputados federais, estaduais ou vereadores.

Portanto, é preciso entender:

QUEM GOVERNA É O PARTIDO, NÃO O CANDIDATO.

- A ideia de votar no "candidato", e não no partido, é um equívoco. Independentemente do discurso adotado nas campanhas, a linha ideológica do partido prevalece na prática, após a vitória do candidato.

É importante considerar que não adianta votar em um presidente, governador ou prefeito com um determinado viés ideológico e eleger senadores, deputados federais, estaduais ou vereadores com ideologia contrária, ou o governo não terá sustentação para realizar os projetos que prometeu, ficando a administração amarrada por falta de consenso.

Dizer que os partidos são todos iguais ou todos corruptos equivale a uma confissão de indiferença para com as questões políticas. Assim como em qualquer agrupamento humano, incluindo as famílias, não há legenda política formada apenas por pessoas admiráveis. No entanto, analisando o número de processos a que os integrantes de cada partido respondem, veremos que não são iguais em número e natureza de denúncias. O grau de endividamento de cada administração também revela muito sobre as práticas de cada partido. Analisando ponto a ponto cuidadosamente, as diferenças vão se tornando bastante claras.

Escolher um partido e apoiá-lo não significa estar vinculado a ele independentemente das mudanças que sofra no decorrer do tempo. Você pode optar por um partido em uma eleição e por outro na eleição seguinte, mas é importante escolher e apoiar aquele que considera melhor para cada eleição. E votar nos senadores, deputados e vereadores do mesmo partido cujo projeto considera melhor. Só assim as ações que espera poderão se concretizar e o presidente, governador ou prefeito poderá ser cobrado.

PARA REFLETIR:

Supondo que o presidente que escolheu proponha as soluções que você queria... Isso tem que passar pelo Congresso, ministros precisam dar encaminhamento, governadores e prefeitos aplicar as verbas. Não adianta apenas o chefe do executivo querer implantar mudanças se estiver cercado de quem torce para que sua administração seja um fracasso, apenas por ser de um partido da oposição. Goste ou não da ideia, ninguém faz tudo sozinho. Quando escolher seu candidato, cerque-o de apoiadores do mesmo partido.

Pense em um time de futebol: por mais craque se seja o jogador, ele precisará de colegas de equipe que lhe passem a bola ou completem suas jogadas. Sozinho em campo ou jogando contra 21 adversários, torna-se impossível, ainda que para o maior craque, mostrar seu jogo ou obter bons resultados.

É PRECISO FAZER UMA ESCOLHA

A escolha que você faz, depois de analisar os fatos políticos para identificar o perfil que quer para o país e as informações dos partidos e candidatos, chama-se consciência política.

VOCÊ SABIA????

- Enquanto no Brasil há 32 partidos, nos Estados Unidos existem mais de 70. O fato de o Partido Democrata e o Partido Republicano estarem sempre na disputa principal tem a ver com o sistema eleitoral adotado, algo que veremos mais à frente.
- Afirmar-se "apartidário" é uma mania recente no Brasil. E feia, pois indica despreparo político. Pelo menos se afirme simpático a alguns partidos que defendem um determinado viés ideológico. É o mínimo que se espera de alguém que ocupa os ouvidos dos interlocutores para falar sobre o assunto.

SEGUNDA PARTE

Estrutura do Governo e Atribuições

O que dizem por aí...

"O GOVERNO É CORRUPTO."

"QUEM MANDA NO PAÍS É O PRESIDENTE."

"SE HÁ CORRUPÇÃO NOS ESTADOS É PORQUE O GOVERNO FEDERAL PERMITE."

CAPÍTULO 3

AFINAL, QUEM É O GOVERNO?

EXECUTIVO – LEGISLATIVO – JUDICIÁRIO

CAPÍTULO 3

Muitas pessoas confundem a figura do governo com a do presidente da República, e este como uma unidade presente em todos os lugares, ciente de todas as coisas, com poder absoluto, quase uma entidade mágica e imaterial. Mas a verdade é bem diferente. No Brasil, o sistema adotado é a "tripartição dos poderes", ou seja, o país é governado por três poderes independentes que atuam em conjunto, cada um com atribuições particulares e complementares entre si. São eles: Legislativo, Executivo e Judiciário.

LEGISLATIVO

CÂMARA DOS DEPUTADOS
Representa o povo
Abriga 513 Deputados Federais
(O número de deputados por estado varia de acordo com a população.)

SENADO
Representa os 26 estados + o DF
81 senadores
(3 por estado, independentemente do número de habitantes)

Pode-se dizer que o Legislativo reúne, de fato, mais poder sobre o país, pois, a título de exemplo, o Congresso pode destituir o presidente da República (*Impeachment*), mas o presidente não pode destituir o Congresso.

Os atos do presidente dependem quase sempre de aprovação do Congresso, que também aprova o orçamento do governo (como pretende investir o dinheiro no ano seguinte) e o fiscaliza, a fim de se certificar de que foi devidamente aplicado.

A aprovação do orçamento do ano seguinte ocorre todo final do ano anterior, e caso não haja consenso e aprovação, o governo federal não poderá usar os recursos até que o orçamento seja liberado pelo Congresso.

PARA EXEMPLIFICAR

Se o presidente quiser aumentar ou reduzir o valor destinado à educação ou saúde, só poderá fazê-lo se obtiver aprovação do Congresso. Da mesma forma, o Congresso pode propor que todas as escolas passem a ser de período integral, por exemplo, e o presidente poderá sancionar [confirmar] ou vetar [proibir] o projeto de lei.

Caso o presidente vete a medida, o Congresso poderá fazer nova votação. Se for novamente aprovada por deputados e senadores, o presidente nada mais poderá fazer, ficando obrigado a executar, ainda que contra sua vontade.

Temas como redução da maioridade penal, liberação do aborto, reforma tributária, política, tudo que implique mudança das leis em vigor é decidido pelo Congresso. Mesmo o plebiscito e o referendo precisam de aprovação nas duas casas legislativas, como veremos mais à frente.

ATENÇÃO

As propostas do seu candidato à presidência e ao governo do estado só poderão ser aplicadas se aprovadas pelo Congresso ou Assembleia Legislativa. Redobre a atenção na escolha dos deputados e senadores.

Todos os 27 estados e o DF têm sua sede legislativa com as mesmas atribuições dentro de seus territórios, exercendo controle sobre governadores e prefeitos.

Estados — Assembleia Legislativa: deputados estaduais.

Municípios — Câmara Legislativa: vereadores.

Quem pode propor leis ao Congresso?

Qualquer membro do Congresso Nacional (deputado federal ou senador), o presidente da República, do Supremo Tribunal Federal, dos Tribunais Superiores, o procurador-geral da República e os cidadãos. No caso dos cidadãos, estamos falando de Lei de Iniciativa Popular, como a Lei da Ficha Limpa.

O que é preciso para aprovar uma lei de iniciativa popular?

O projeto de lei deve ser apresentado à Câmara com assinaturas de pelo menos 1% do eleitorado nacional (aproximadamente 1,35 milhão de votantes). Essas assinaturas precisam ser coletadas em pelo menos cinco estados, e cada um desses estados precisam apresentar assinaturas de no mínimo 0,3% dos seus eleitores.

PODER EXECUTIVO

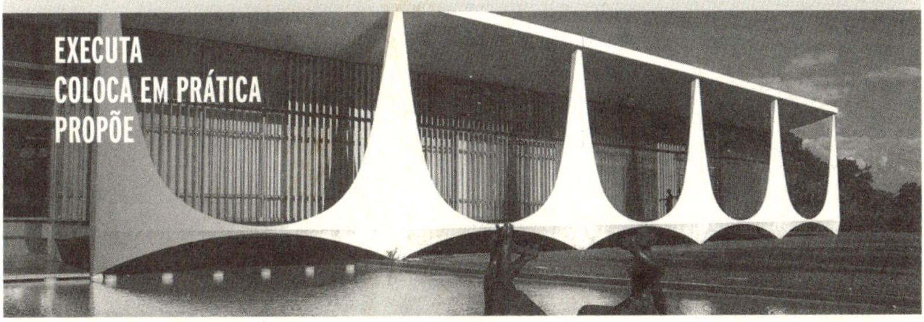

O poder executivo coloca em prática — executa — o que foi decidido em conjunto com o Legislativo, atuando nas questões de administração dos recursos do país.

Apesar de o presidente da República ser a figura mais popular, a mais conhecida na estrutura administrativa (ou executiva) do país, ele está longe de ser uma autoridade absoluta, pois exerce seu papel em conjunto com os governadores de estado e prefeitos das cidades ou municípios.

Ou seja, o poder executivo é composto por:

EXECUTIVO FEDERAL — Chefiado pelo **presidente da República**.
EXECUTIVO ESTADUAL — Chefiado pelo **governador** de cada estado.
EXECUTIVO MUNICIPAL — Chefiado pelo **prefeito** de cada município.

No entanto, não existe uma relação hierárquica entre eles, ou seja, o presidente da República não é chefe dos governadores e nem estes têm poder de mando sobre prefeitos. Cada um atua dentro dos limites de seu território, em conjunto com o corpo legislativo e judiciário de sua esfera.

Portanto, é importante saber:

O PRESIDENTE NÃO MANDA NOS GOVERNADORES, NEM NOS PREFEITOS, NEM NOS DEPUTADOS E JUÍZES. ENTENDEU?????

VOCÊ SABIA????

O Congresso pode aumentar o próprio salário, mas o salário do presidente da República e do poder executivo, de modo geral, não pode ser aumentado por eles mesmos. É o Legislativo que decide o salário dos membros dos três poderes. Claro que o presidente pode vetar o aumento aprovado no Congresso para os legisladores. Mas quem compraria uma briga dessas?

PODER JUDICIÁRIO

Toda lei elaborada pelo Legislativo deve seguir os princípios definidos pela Constituição, a lei máxima do país. Assim, não adianta que o Congresso aprove uma alteração na lei para, por exemplo, que os crimes de estupro sejam punidos com prisão perpétua, pois o Art. 5º, inc. XLVII, da Constituição de 1988 proíbe expressamente a pena de morte, prisão perpétua e pena de trabalhos forçados no país. Em casos como esse, o poder judiciário, representado pelo STF (Supremo Tribunal Federal), guardião oficial da Constituição, veta a lei, pois apenas uma nova Constituição Federal pode alterar esses princípios.

O poder judiciário também define as penas a serem aplicadas aos cidadãos de acordo com a lei.

Assim como os poderes legislativo e executivo, o poder judiciário também é dividido nas esferas municipais e estaduais:

1ª instância de decisões (juízes) — Comarcas, foros municipais ou estaduais.

2ª instância de decisões (TJs – tribunais de justiça) — Não havendo uma solução que satisfaça as partes, aquela que se sentiu prejudicada pode recorrer da sentença junto aos tribunais de justiça colegiados (formado por vários juízes) que respondem por grupos de estados.

3ª instância de decisões (STJ – Superior Tribunal de Justiça) — Caso se recorra outra vez da sentença, o julgamento será feito por uma corte superior nacional.

4ª instância de decisões (STF – Superior Tribunal Federal) — Permanecendo a insatisfação, o STF julgará se a sentença respeita os princípios da Constituição brasileira.

A estrutura do judiciário inclui tribunais especiais, como Militar, Eleitoral, Trabalhista, Estadual e Federal.

FORO PRIVILEGIADO

No Brasil, as autoridades públicas não são julgadas pela justiça comum, mas por um grau superior de jurisdição. A medida visa proteger determinadas funções relevantes ao país. Exemplo: se um deputado pede o *impeachment* de um governador, este poderia ser afastado de sua função por uma denúncia comum que levaria muito tempo para ser investigada e julgada em todas as instâncias. No entanto, o foro privilegiado não acelera as decisões e é contestado por diversos juristas e boa parte da população. Como a finalidade é defender a função, e não a pessoa, deixando de ocupar o cargo, encerra-se o direito ao privilégio.

Agora que você entendeu a finalidade de cada um dos poderes, analise os dois casos a seguir:

■ **CASO 1** (CASO HIPOTÉTICO):

Um deputado, alegando clamor popular, propõe que a partir de agora o crime de estupro seja punido com prisão perpétua. O Congresso aprova a proposta e a envia para o presidente do país.

O presidente discorda da lei e a envia para o STF.

O STF efetua a verificação e conclui que a prisão perpétua fere os princípios da Constituição.

A lei é anulada por inconstitucionalidade.

Assim, o Judiciário cumpriu seu papel, resolvendo o conflito entre Legislativo e Executivo.

■ **CASO 2** (CASO VERÍDICO OCORRIDO EM 2005 ENTRE O GOVERNO FEDERAL E A PREFEITURA DO RIO DE JANEIRO/RJ):

Em decorrência de uma crise na saúde da cidade do Rio de Janeiro, quatro hospitais deixaram de fazer atendimento emergencial e a fila de pacientes sem atendimento gerou revolta na população.

O presidente da república decretou, então, intervenção federal, levando para os hospitais uma estrutura provisória de médicos e instalações, retomando o atendimento dos pacientes em regime emergencial.

O prefeito recorreu ao STF.

O STF decretou a inconstitucionalidade da intervenção por ferir a atuação de cada esfera do poder executivo, fazendo o governo federal retirar imediatamente a equipe e restituindo a administração dos hospitais ao prefeito da cidade, ficando a população desassistida.

*Confira a informação acessando: http://www1.folha.uol.com.br/fsp/cotidian/ff2104200501.htm

Conclusão: A vontade de agir é somente um dos elementos. O prefeito poderia ter aceitado a ajuda federal em benefício da população, mas diversas medidas essenciais ao povo e ao país são vetadas por meros interesses políticos.

SE O GOVERNO FEDERAL TEM A OBRIGAÇÃO DE GARANTIR A SAÚDE DA POPULAÇÃO, POR QUE ELE NÃO PODE AGIR?

RESPOSTA: PELA SEPARAÇÃO DAS ATRIBUIÇÕES ENTRE AS ESFERAS DO PODER, O QUE VEREMOS NO PRÓXIMO CAPÍTULO.

1 - O deputado, senador ou vereador vota de acordo com a própria consciência ou é obrigado a obedecer à decisão do partido?

Em temas gerais, há amplo debate em torno da questão e o parlamentar tem liberdade para decidir seu voto. Mas há os casos em que o partido assume uma posição, e o parlamentar que fugir da determinação pode ser expulso por infidelidade partidária.

Ex.: O partido tem em seu estatuto o combate à liberação do aborto. Em uma votação no plenário, o partido se fecha para votar em conjunto pela proibição. O deputado que descumprir o compromisso do partido e votar pela liberação do aborto poderá ser desligado e até perder o mandato.

2 - O que são as bancadas parlamentares?
Teoricamente, as bancadas parlamentares são a reunião dos políticos eleitos por cada partido ou chapa (coligação), mas a imprensa tornou comum o uso do termo também para os representantes de diversos partidos que se unem em torno de um tema. Ex.: bancada ruralista, bancada evangélica, bancada da bala. No caso de haver uma lei que pretenda reduzir a grande concentração de terras, ou latifúndios, por exemplo, a bancada ruralista atua na defesa dos interesses dos proprietários de grandes lotes de terras. O vínculo do parlamentar com os financiadores de campanhas se baseia no compromisso com a defesa das questões de interesse dos doadores. A bancada da bala, formada por parlamentares ligados às indústrias de armas, teve forte influência sobre o referendo que impediu a proibição do porte de armas para cidadãos civis.

3 - O que são as CPIs?
CPI (Comissão Parlamentar de Inquérito). É uma comissão criada dentro do Congresso, Assembleia ou Câmara Municipal para investigar denúncias. Ex.: CPI do Narcotráfico e roubo de cargas (1999); CPI do Judiciário. O processo consiste em investigar questões com fortes indícios. Caso sejam confirmadas as infrações, o relatório final segue para o Ministério Público para denúncia criminal ou civil dos acusados.

4 - Como saber quais são os partidos mais e menos corruptos?
Pelo número de processos a que seus integrantes respondem. Mesmo que alguns partidos escapem da condenação, por serem poupados pelo Executivo, as denúncias do Ministério Público servem de referência e se tornam *rankings* da corrupção que podem ser facilmente encontrados em pesquisas pela Internet.

- O Partido X é o mais corrupto.
- Como você sabe?
- Sabendo, oras. Todo o mundo sabe disso.

IMPORTANTE

Quando você ouvir dizer que este ou aquele partido ou político é corrupto, verifique objetivamente quais denúncias pesam sobre ele, a relevância e as bases das acusações; compare-as com as denúncias e cassações contra os demais partidos, evitando as generalizações.

DICAS PARA DEBATER

Quando for DEBATER, evite cometer erros básicos de referências ou se deixar enredar por argumentos sem base:

1 – Nunca compare países pequenos com o Brasil.

Suécia: 9 milhões de habitantes
Suíça: 8 milhões de habitantes X BRASIL: 200 MILHÕES DE HABITANTES
Uruguai: 5 milhões de habitantes
Finlândia: 5 milhões de habitantes

POR QUÊ?

Resposta:

a) Bastaria poucas unidades de indústrias rentáveis para empregar a maior parte da população em idade produtiva, e os lucros de poucas garantiriam ótima renda *per capita* no país. Repartir o bolo entre 5 milhões de habitantes dá um resultado muito diferente do que dividi-lo com 200 milhões de pessoas.
b) É mais fácil implantar medidas de segurança e saúde preventivas em uma população reduzida. Isso vale para tudo. Quanto maior o país, maior dificuldade para realizar políticas públicas.

2 – Nunca compare países velhos com novos, ou o retorno dos impostos em qualidade de serviços públicos.

POR QUÊ?

Resposta:

a) Quando o Brasil inaugurou sua primeira estrada pavimentada, ligando Petrópolis (RJ) a Juiz de Fora (MG), em 1861, Londres estava organizando os preparativos de inauguração de sua primeira estação de metrô. No Velho Continente (o europeu), as estruturas de água e esgoto, ferrovias, construção de estradas e hospitais foram feitas enquanto o Brasil era colônia e todos os nossos recursos iam para os cofres de Portugal (10 milhões de habitantes, menor que o estado de Pernambuco).
Aliás, com o volume de riqueza que os colonizadores levaram dos países colonizados, e lembrando que boa parte deles hoje está em crise, a pergunta é: "Onde foi parar tanto dinheiro?"
b) Os impostos no Brasil são destinados, em boa parte, à construção de uma infraestrutura com imensas demandas, enquanto nos países desenvolvidos são aplicados basicamente na manutenção dos serviços públicos, já que a estrutura mais onerosa foi feita enquanto o Brasil permanecia estacionado.

O que dizem por aí...

"O GOVERNO DEVIA FOCAR A EDUCAÇÃO BÁSICA."

"OS POSTOS DE SAÚDE PIORARAM COM ESSE GOVERNO."

"O GOVERNO TEM QUE FISCALIZAR O PONTO DOS MÉDICOS."

"O GOVERNO AUMENTOU OU DIMINUIU OS IMPOSTOS?"

CAPÍTULO 4

ATRIBUIÇÕES DE CADA ESFERA DO PODER

"O GOVERNO NÃO DUPLICOU AS RODOVIAS DO MEU ESTADO."

VOCÊ SABE DE QUEM ESTÁ FALANDO?

NOME: **BRASIL**

IDADE: **500 anos**

ENDEREÇO: **América do Sul**

POPULAÇÃO: **195 milhões de habitantes**

DIMENSÃO: **8,5 milhões m²**

27 estados + o Distrito Federal | 532 municípios

1 PRESIDENTE DA REPÚBLICA

28 GOVERNADORES

5.564 PREFEITOS

- CADA ESTADO TEM ORÇAMENTO PRÓPRIO. AS RECEITAS DE IMPOSTOS DE ICMS (que mais pesa no bolso de empresários e consumidores) E DIVERSAS OUTRAS SÃO DO ESTADO. As taxas variam de estado a estado e não são definidos pelo governo federal, e sim pelo governo do estado. Cada estado define a sua alíquota. Ex.: O mesmo produto pode ter taxa de 7% em um estado e 17% em outro.

- OS MUNICÍPIOS TAMBÉM TÊM ORÇAMENTO PRÓPRIO. AS RECEITAS DE ITU, IPTU E ISS, ENTRE OUTRAS, SÃO DOS MUNICÍPIOS.

POR QUE, QUANDO E COMO O GOVERNO FEDERAL DESTINA VERBAS AOS ESTADOS E MUNICÍPIOS?

O Brasil é um país extenso e com muitas riquezas naturais. As regiões Norte e Nordeste do país concentram os maiores veios de minérios e são grandes produtores agrícolas, mas também são onde, por questões históricas, estão situados os maiores latifúndios, com propriedades que chegam a superar um milhão de hectares, sendo que o padrão europeu é de algumas centenas de hectares por proprietário. O Brasil é o segundo país em concentração de terras do planeta. As pequenas propriedades geram, em média, dezessete empregos diretos a cada cem hectares, enquanto grandes fazendas correspondem a 1,4 postos na mesma área.

O trabalho nas minas e lavouras são os que oferecem os menores salários e registram a maior incidência de trabalho escravo e infantil, deixando milhares de trabalhadores em situação de miséria.

A soja, o algodão, a cana-de-açúcar e diversos produtos produzidos na região são vendidos a preço baixo para indústrias do Sul e Sudeste, que os industrializam. Como são as indústrias que geram empregos e renda para a população, apesar de as regiões produtoras da matéria-prima serem vitais para a produção da riqueza do país, somente aquelas onde se concentram as indústrias se beneficiam dos lucros, gerando, assim, uma extrema desigualdade entre os estados brasileiros.

Assim, apesar de todos os estados contribuírem para a construção do bolo da riqueza do país, já que sem matéria-prima não haveria produtos industrializados, os lucros foram se concentrando somente em alguns estados, tornando o Brasil um dos países de maior desigualdade econômica e social do mundo, o que impede o avanço econômico e social do país como um todo.

ONDE ENTRA O GOVERNO FEDERAL

De acordo com a Constituição, os principais deveres do governo federal são:

- construir uma sociedade livre, justa e solidária;
- garantir o desenvolvimento nacional (incluindo todas as regiões, estados e municípios);
- erradicar a pobreza e a marginalização e reduzir as desigualdades sociais e regionais;
- promover o bem de todos, sem preconceitos de origem, raça, sexo, cor, idade e quaisquer outras formas de discriminação.

PARA ATINGIR O OBJETIVO, O GOVERNO FEDERAL DEVERIA DISTRIBUIR OS RECURSOS DE ACORDO COM AS NECESSIDADES DE CADA ESTADO.

COMO A DISTRIBUIÇÃO OCORREU AO LONGO DOS ANOS, TORNANDO O BRASIL UM DOS PAÍSES MAIS DESIGUAIS DO MUNDO E TRAVANDO SEU DESENVOLVIMENTO

OS ESTADOS RICOS, POR MEIO DO PODER POLÍTICO, MONOPOLIZARAM OS RECURSOS AO LONGO DA HISTÓRIA.

- A desigualdade produziu fome de um lado do país e abundância do outro.
- A saída da população era buscar no Sudeste chances de sobrevivência e oportunidades de trabalho.
- Sem estrutura para acolher tanta gente, o resultado foi a criação dos bolsões de pobreza e violência urbana.
- Os países com maior qualidade de vida do mundo são aqueles com igualdade social e econômica entre as regiões. Nenhuma região do Brasil adquiriu qualidade de vida com a concentração de recursos no Sul e Sudeste.

COMO DEVERIA SER

Sendo os estados produtores de matéria-prima e com grandes latifúndios (muitos deles com terras improdutivas) os mais prejudicados na equação, o governo investiria mais recursos na estrutura para desenvolvimento dos estados mais pobres.

Os estados industrializados e mais ricos, graças ao rendimento maior do processamento da matéria-prima, poderiam arcar com a maior parte de suas despesas, portanto, receberiam menos.

MUDANÇAS NO FLUXO DE INVESTIMENTO E MIGRAÇÃO DE RETORNO

Até o ano 2000, o IBGE registrava alto percentual de migração do Nordeste para o Sudeste. A mudança na política de investimentos a partir da última década, que elevou substancialmente a destinação de recursos para as regiões mais pobres do país, vem produzindo modificações nesse cenário. De 2004 a 2009, o fluxo migratório se reverteu. Além de reter a população nordestina em seus estados por meio da geração de empregos e oportunidades, iniciou-se o processo de migração de retorno: as pessoas retornaram para seus estados de origem e muitos nascidos na região Sudeste passaram a migrar para o Centro-Oeste, Norte e Nordeste do país.

(http://g1.globo.com/brasil/noticia/2011/07/nordeste-e-regiao-com-maior-retorno-de-migrantes-segundo-ibge.html)

ALÉM DO PROBLEMA DA DIVISÃO INJUSTA, OS DESVIOS (CORRUPÇÃO) TORNAM AINDA MAIS DIFÍCIL A CHEGADA DOS RECURSOS.

GOVERNO FEDERAL, GOVERNADORES DE ESTADOS E PREFEITOS PRECISAM FAZER, CADA UM, A SUA PARTE.

Um dos principais problemas do Brasil é a corrupção. O governo federal destina as verbas, mas há desvios praticados por governadores, deputados, senadores, prefeitos e funcionários públicos.

Ex.: Ipea comprova irregularidades no uso de dinheiro público em 73% dos municípios auditados

(http://www.Ipea.Gov.Br/desafios/index.Php?Option=com_content&view=article&id=920:reportagens-materias&itemid=39)

Um pouco mais adiante, veremos as principais formas de desvio do dinheiro público. Antes, precisamos entender as atribuições de cada esfera que possibilitam fiscalizar e cobrar o responsável por cada setor.

Cabe ao **GOVERNO FEDERAL** (**presidente da República**) as ações e políticas de alcance nacional, entre elas:

- Políticas macroeconômicas (definição de câmbio, taxas de exportação, importação e impostos), promoção do comércio internacional, geração de emprego, estrutura viária interligando estados e regiões em todo o país (BRs), planejamento e implemento da produção para elevação do PIB e da renda da população, garantia de segurança do território nacional por meio das forças armadas e polícia federal.
- Ensino superior e técnico.
- Imposto sobre produtos industrializados, Imposto de Renda e sobre importações.

Cabe ao **GOVERNO ESTADUAL** (**governadores de estados**) as ações dentro de seus respectivos estados:

- Garantir acesso à saúde (construção e manutenção de hospitais, para casos de média e alta complexidade), educação (com prioridade para a segunda fase do ensino básico — do 6º ao 9º ano — e ensino médio).

- Construir rodovias que interliguem os municípios do estado.
- Garantir moradia digna para a população.
- Garantir a segurança por meio das polícias civil e militar.
- Construir e administrar os presídios do estado.

Principais fontes de recursos: ICMS, imposto sobre energia elétrica e telefone.

Cabe ao **GOVERNO MUNICIPAL (prefeitos)** as ações dentro de seus respectivos municípios:

- Construção e manutenção de postos de saúde (atendimento de baixa a média complexidade).
- Educação (com prioridade para a educação infantil e primeira fase do ensino básico — até o 5º ano, e com o estado até o 9º ano).
- Asfaltamento, iluminação e transporte urbanos.
- Canalização de água e esgoto.

Mais fontes de recursos: IPTU, ITU, ISS, Imposto de renda retido na fonte.

Apesar das atribuições de cada esfera, a União tem uma responsabilidade suplementar. Alguns repasses são obrigatórios e previstos em lei, como os fundos de participação; outros são voluntários, feitos por meio de programas e repassados para fins específicos, como foi o caso da implantação do SAMU, serviço no qual ambulâncias equipadas são enviadas aos municípios, administrado pelos prefeitos.

O governo federal pode, por exemplo, liberar verba para a construção de uma escola em um determinado município, mas não compete a ele administrar o dinheiro ou interferir na aplicação.

Se um estado registrar altos índices de violência e alegar não possuir recursos para a construção de presídios, o governo federal enviará a verba, mas caberá ao governador cumprir os procedimentos de licitação, construção e prestar contas após a conclusão. No entanto, todos os anos ocorrem devoluções ao governo federal de verbas não aplicadas pelos governadores ou prefeitos, seja por falta de interesse ou de capacidade gerencial.

Agora que você entendeu, basta ficar de olho nos serviços e cobrar do prefeito, governador ou presidente o que se refere a cada alçada, além de cobrar dos deputados ou vereadores a fiscalização das verbas que chegam do governo federal, a fim de que sejam devidamente aplicadas na melhoria da sua cidade ou estado.

NOTÍCIA PUBLICADA NO **JORNAL O GLOBO** EM 13/01/2014

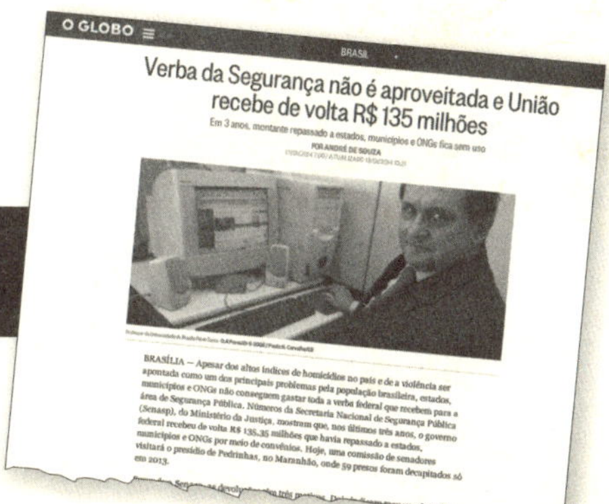

O GLOBO

BRASIL

Verba da Segurança não é aproveitada e União recebe de volta R$ 135 milhões

Em 3 anos, montante repassado a estados, municípios e ONGs fica sem uso

POR ANDRÉ DE SOUZA

BRASÍLIA – Apesar dos altos índices de homicídios no país e de a violência ser apontada como um dos principais problemas pela população brasileira, estados, municípios e ONGs não conseguem gastar toda a verba federal que recebem para a área de Segurança Pública. Números da Secretaria Nacional de Segurança Pública (Senasp), do Ministério da Justiça, mostram que, nos últimos três anos, o governo federal recebeu de volta R$ 135,35 milhões que havia repassado a estados, municípios e ONGs por meio de convênios. Hoje, uma comissão de senadores visitará o presídio de Pedrinhas, no Maranhão, onde 59 presos foram decapitados só em 2013.

PERGUNTAS:

Por que médicos que atendem pelo SUS têm salários diferentes?

Os médicos dos postos de saúde são contratados pelas prefeituras; os dos hospitais pelo estado, e o governo federal envia médicos para as regiões com baixo número de profissionais, ou seja, o fato de o médico atender no sistema público e gratuito não significa que seja vinculado ao governo federal.

Estados, prefeituras e governo federal decidem por si mesmos o valor do salário aos profissionais. Em algumas regiões, um médico do estado chega a receber menos da metade do valor pago pelo governo federal, e alguns estados pagam valores muito abaixo da média nacional, pois governadores e prefeitos definem os salários dos seus contratados. Os profissionais com baixo rendimento devem cobrar do contratante as melhorias salariais.

Em caso de falta de material ou medicamentos, ou precariedade no atendimento de postos de saúde e hospitais, a quem se deve recorrer?

O governo federal envia parte da verba, mas são os prefeitos e governadores que administram as unidades hospitalares. Os governos estaduais são obrigados por lei a destinar no mínimo 12% da arrecadação para a saúde, e os municípios um mínimo de 15%. Muitos governadores e prefeitos descumprem ou burlam o compromisso. O gerenciamento da verba define a qualidade do serviço, razão pela qual, dependendo do prefeito ou do governador eleito, há municípios e estados com serviços de excelente qualidade e outros em situações de total abandono. Os postos de saúde são atribuições dos prefeitos e quase a totalidade dos hospitais é administrada pelos governadores.

Escolas públicas com instalações precárias. A quem recorrer?

As antigas creches (hoje CIMEIs) e o ensino até o 5º ano são responsabilidade do município, que deve empregar no mínimo 25% da arrecadação em educação. Do 5º ao 9º ano, o estado compartilha a tarefa com o município, assumindo integralmente o ensino médio (do 1º ao 3º ano), com o compromisso de aplicação dos mesmos 25%. As universidades federais são atribuições do governo federal, mas alguns estados mantêm universidades estaduais devido ao baixo número de instituições de ensino superior no país. A maioria das universidades federais foi construída até a década de 1970, passando-se vinte anos sem investimentos em novas unidades no Brasil. A retomada das construções ocorreu a partir de 2003, com ampliação do financiamento do ensino superior, também possibilitado pelo governo para universidades particulares.

Por que não se federaliza a educação fundamental, que é a base da formação de um país?

Se o governo federal tivesse que assumir todas as obrigações prioritárias, o país não precisaria de prefeitos e governadores. Basta cobrar de cada um o cumprimento de sua parte e eleger prefeitos e governadores capacitados para gerenciar as responsabilidades dos estados e municípios, já que a regionalização deveria garantir maior condição de controle. Prefeitos e governadores deveriam cuidar de perto da qualidade dos serviços.

De quem é a responsabilidade pela falta de policiamento nas cidades?

A Polícia Federal é responsabilidade do governo federal. Já as polícias civil e militar são atribuições dos governadores dos estados. Uma das causas do aumento da violência é a redução do contingente de policiais e os baixos salários pagos por diversos governadores.

QUEM É O RESPONSÁVEL? DE QUEM É O MÉRITO OU A CULPA?

COMO AVALIAR A QUALIDADE DOS GESTORES:

SEM COMPARAÇÃO, NÃO TEM INFORMAÇÃO

Sempre se deve comparar um período mínimo de dez anos para verificar se a situação está melhorando ou piorando.

Um número isolado não possui significado para análises, pois pode parecer bom ou ruim e mudar quando comparado com períodos anteriores.

Não existe análise sem referência.

PRESIDENTE DA REPÚBLICA:

Posição do país no *ranking* da economia mundial — Se outros países (de mesmo perfil) estão em ritmo de crescimento, o Brasil também tem que crescer.

Valor do salário mínimo — Avalia-se o poder de compra em número de cestas básicas.

Renda do trabalhador — Avalia-se o aumento ou redução da renda média, descontada a inflação.

Desemprego — O percentual de desemprego é também indicador da saúde econômica do país. Quanto mais baixo, melhor.

Endividamento do país — Avalia-se por percentual do PIB, lembrando que a dívida dos estados, municípios e estatais compõe a dívida pública do país.

Inflação — Observa-se a evolução anual.

Servidores públicos federais — Salários, número de comissionados, número de concursados.

Polícia Federal — Salário e número de policiais federais na ativa.

Rodovias — As federais interligam os estados — BRs. Avalia-se construção e conservação.

PIB — Evolução do Produto Interno Bruto, avaliado em dólar.

Risco país — Atribuição de credibilidade para investidores internacionais.

Investimento federal na saúde

Investimento federal na educação

Evolução do IDH — Índice de Desenvolvimento Humano por região.

Desenvolvimento econômico e social de cada região do país
Políticas de desenvolvimento humano e social
Promoção da igualdade de oportunidades
Relações internacionais
Volume de exportações
Reservas cambiais

GOVERNADORES

SAÚDE:

NÚMERO DE HOSPITAIS NO ESTADO
NÚMERO DE LEITOS HOSPITALARES
NÚMERO DE MÉDICOS CONTRATADOS PELO ESTADO
SALÁRIO DE MÉDICOS CONTRATADOS PELO ESTADO
ADMINISTRAÇÃO, LIMPEZA, CONSERVAÇÃO DOS HOSPITAIS
MEDICAMENTOS E INSTRUMENTOS DE TRABALHO
EQUIPAMENTOS
REFEIÇÕES
LABORATÓRIOS DE EXAMES CLÍNICOS
ATENDIMENTO

EDUCAÇÃO:

NÚMERO DE NOVAS ESCOLAS CONSTRUÍDAS
NÚMERO DE VAGAS NO ESTADO
NÚMERO DE PROFESSORES
SALÁRIO DE PROFESSORES EM RELAÇÃO AOS DEMAIS ESTADOS
QUALIDADE DAS INSTALAÇÕES FÍSICAS DAS ESCOLAS ESTADUAIS

SEGURANÇA:

EVOLUÇÃO DO NÚMERO DE POLICIAIS CIVIS E MILITARES NA ATIVA
SALÁRIO DOS POLICIAIS CIVIS E MILITARES
NÚMERO DE VIATURAS EM CIRCULAÇÃO
EVOLUÇÃO OU REDUÇÃO DOS ÍNDICES DE CRIMINALIDADE
NÚMERO DE VAGAS EM PRESÍDIOS
NÚMERO DE CARCEREIROS (CONCURSADOS OU TEMPORÁRIOS)
CONDIÇÕES DE CARCERAGEM

INFRAESTRUTURA:

CONSTRUÇÃO DE NOVAS RODOVIAS INTERLIGANDO MUNICÍPIOS DO ESTADO
(Muitos governadores apenas reformam, evitando os altos custos da construção de novas estradas.)
RESERVATÓRIOS DE ÁGUA
ESTAÇÕES DE ESGOTO

ENDIVIDAMENTO:

DÍVIDA DO ESTADO EM RELAÇÃO AOS PERÍODOS ANTERIORES

NÚMERO DE SERVIDORES CONCURSADOS E COMISSIONADOS

PREFEITOS

SAÚDE:

POSTOS DE SAÚDE

EDUCAÇÃO:

CRECHES

ENSINO INFANTIL

PRIMEIRA FASE DO ENSINO BÁSICO E A SEGUNDA FASE EM PARCERIA COM O GOVERNO DO ESTADO

INFRAESTRUTURA:

ASFALTAMENTO URBANO

ILUMINAÇÃO

REDE DE ÁGUA E ESGOTO

TRANSPORTE URBANO:

CIRCULAÇÃO DE ÔNIBUS DENTRO DO MUNICÍPIO

O que dizem por aí...

"O GOVERNO COMPRA O SILÊNCI DA IMPRENSA."

"LEIO JORNAIS, REVISTAS E VEJO NOTICIÁRIOS, POR ISSO SOU BEM INFORMADO."

"A IMPRENSA DEVE SER OPOSIÇÃO AO GOVERNO."

"O GOVERNO NÃ DEVERIA GASTA DINHEIRO PÚBLI COM A MÍDIA."

“A MÍDIA ESTÁ SEMPRE DO LADO DO GOVERNO.”

CAPÍTULO 5

IMPRENSA – O QUARTO PODER?

“ELES SÃO ISENTOS, FALAM O QUE TEM PRA FALAR DO GOVERNO E DA OPOSIÇÃO.”

CAPÍTULO 5

A frase mais lembrada quando se busca definir a importância da imprensa para uma nação foi pronunciada pelo ex-presidente americano Thomas Jefferson: "Como a base do nosso governo é a opinião do povo, o primeiro objetivo deve ser conservar esse direito, e **se coubesse a mim decidir entre um governo sem jornais, ou jornais sem um governo, não titubearia um minuto em preferir este último**".

Embora os três poderes — Executivo, Legislativo e Judiciário — governem o país, nenhum deles está tão perto do povo quanto a imprensa. É a imprensa que entra na intimidade dos lares por meio dos telejornais, do rádio e dos jornais impressos, que conta ao cidadão o que acontece no cenário político, econômico e social do país.

A publicidade dos atos públicos é uma garantia Constitucional. Portanto, a imprensa tem o dever de fiscalizar os três poderes e denunciar abusos e violações dos direitos coletivos e individuais, informar sobre as medidas que são aprovadas diariamente no

Congresso e que afetam a vida de todos. Sem a imprensa, o povo seria apenas um joguete do poder público, pois não há condição de agir quando não há conhecimento das decisões e atos dos governos. A imprensa leva os acontecimentos do centro do poder para as ruas.

Portanto, não há democracia sem uma **IMPRENSA LIVRE E INDEPENDENTE.**

O QUE SIGNIFICA COMUNICAÇÃO DE MASSA?

O termo "sociedade de massas" surgiu na sociologia em referência ao nivelamento dos indivíduos expostos a um sistema predominante nos centros urbanos, reduzindo a personalidade do indivíduo, que é substituída por uma personalidade coletiva.

Esses aglomerados humanos possibilitam o alcance da comunicação a essa massa por via de mão única.

A imprensa assumiu o papel de protagonista em diversos momentos da história mundial desde 1440, quando a prensa foi inventada, logo surgindo os primeiros periódicos impressos. Na Revolução Francesa, assumiu a defesa dos direitos humanos e foi importante instrumento na unificação do povo para a queda da monarquia.

Com o surgimento do rádio e da televisão, o alcance da imprensa foi se estendendo gradativamente, com o poder de influenciar o pensamento coletivo. Ultrapassando a fronteira política, tornou-se um importante disseminador de cultura e valores coletivos, ditando modismos e comportamento, derrubando preconceitos e formando conceitos sociais, individuais e familiares.

Enquanto a escola ensina conteúdos científicos, a televisão, as rádios e os jornais "ensinam" sobre todos os temas da vida. A presença da opinião da imprensa no cotidiano das pessoas é intensiva, enquanto a via inversa (a colocação do ponto de vista do público para a imprensa) é praticamente inexistente, longe de ser uma comunicação de via dupla.

Ainda assim, é a comunicação social, muito além da escola, a maior formadora dos valores sociais em todo o mundo. Tamanho poder leva-nos à conclusão de que:

> A IMPRENSA TEM O PODER DE **IN**FORMAR A MASSA, ASSIM COMO PODE TAMBÉM **EN**FORMAR A MASSA DOTANDO-A DE UM PENSAMENTO UNIFORME.

A IMPRENSA TEM O PODER DE DEFINIR OS RUMOS DE UM PAÍS?

Na economia, os informes diários adquiriram grande importância sobre as decisões dos indivíduos desde o início do processo capitalista. Um exemplo claro da influência dos jornais foi o *Crash* da Bolsa de Nova York.

Estamos acostumados com os registros em fotos que mostram uma multidão tentando vender suas ações a qualquer preço na Bolsa de Nova York enquanto outros se aglomeravam nos bancos tentando sacar todo o saldo de suas contas bancárias.

24 de Outubro de 1929 (QUINTA-FEIRA NEGRA)

Como uma crise não nasce da noite para o dia, o que poderia ter levado tantas pessoas, no mesmo momento, a efetuar o esvaziamento de suas contas e a venda de ações?

BROOKLYN DAILY EAGLE

WALL ST. IN PANIC AS STOCKS CRASH

Attempt Made to Kill Italy's Crown Prince

Hollywood Fire Destroys Films Worth Millions

High Duty Group Gave $700,000 to Coolidge Drive

No dia que ficou conhecido como **QUINTA-FEIRA NEGRA**, a população frenética nas ruas marcou o começo da mais grave crise financeira mundial. Cinco mil bancos fecharam as portas e o pânico instalado em Wall Street chegou aos demais países capitalistas.

Obviamente a imprensa não produziu a crise em si, mas o pânico da população gerou uma situação incontornável com os saques em série e o pessimismo da população, que reduziu drasticamente o consumo. Isso levou ao acúmulo de estoques nas indústrias, com consequente desemprego em massa e falência do Estado americano.

Se por um lado há considerações para o barulho ensurdecedor de um alarde inconsequente, por outro se notam os danos da silenciosa conivência. Hitler, a exemplo de todos as ditadores, controlou a imprensa, que passou a apoiá-lo até a invasão americana.

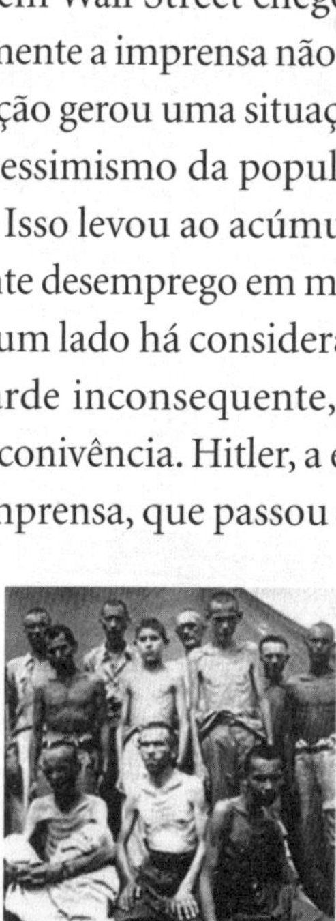

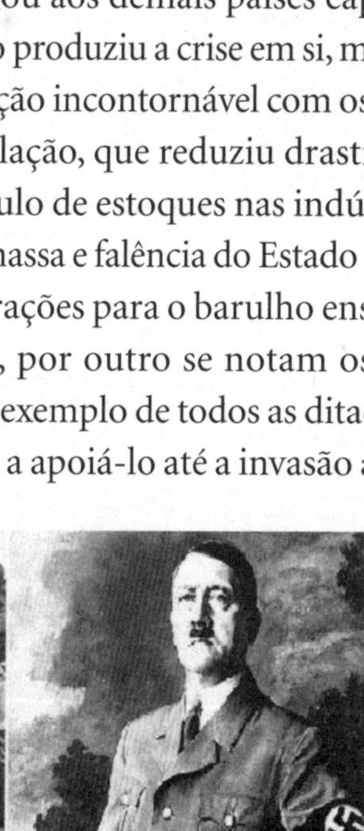

Uma mostra do poder político da imprensa ocorreu em 1972, quando o caso Watergate, denunciado pelo *Washington Post* levou o presidente Richard Nixon à renúncia. Poderia ser ponto para a imprensa caso o *Washington Post* não fosse, ainda hoje, considerado um braço político do Partido Democrata, justamente o beneficiado pela renúncia de Nixon. O poder de influência da imprensa a serviço de partidos políticos lança por terra o discurso de isenção que ela insiste em atribuir a si, mas que sempre desmente por meio de sua linha editorial.

PORTANTO:

ENTÃO, QUER DIZER QUE IMPRENSA ISENTA NÃO EXISTE???????

– Nãaaaaooooooooooooooo, Alice. As empresas de comunicação ou possuem um viés ideológico ou são negócios com fins lucrativos que priorizam seus próprios interesses ou os de seus patrocinadores.

COMO IDENTIFICAR OS VEÍCULOS MOVIDOS POR IDEOLOGIA?

Em todo o mundo, os veículos motivados por ideal social ou já fecharam suas portas ou não são negócios milionários.

- É bastante comum casos de jornalistas movidos por ideologia que se recusam a atuar contra os interesses da corporação, que são demitidos ou se demitem pela defesa de seus princípios, e até os que permanecem nos empregos dos grandes veículos fazendo contraposição ou por necessidade do trabalho. Atualmente há muitos que preferem manter blogs ou pequenos veículos apesar das desvantagens financeiras.

NÃO SENDO ISENTA, A IMPRENSA DEVE DEIXAR DE EXISTIR?
A imprensa é condição básica para a Democracia, fundamental para todos os países.

SENDO OS VEÍCULOS TENDENCIOSOS, SEJA POR RAZÕES FINANCEIRAS OU IDEOLÓGICAS, COMO CONFIAR NO QUE ELES APRESENTAM?
A ideia não é "confiar", mas obter informações através de várias fontes. Se leu algo contra ou a favor de uma tese, procure outro veículo com linha editorial contrária para evitar a manipulação. E SOBRETUDO evite as "opiniões" que são o modo mais usual de manipulação. Confirme em várias fontes os fatos e analise os dados publicados.

É IMORAL UM JORNAL DEFENDER UM PARTIDO OU PROJETO POLÍTICO?
Não, porque o partido pode representar a ideologia do veículo de comunicação. Imoral é deturpar informações, usar a imprensa como meio de calúnia e perseguição, mentir ou omitir em nome de um interesse particular ou de um grupo. A manipulação é um grave desvio da função da imprensa.

NÃO SERIA MAIS CORRETO SE A IMPRENSA ATUASSE COMO OPOSIÇÃO?
Nem mesmo a oposição partidária deveria ser contraria a medidas que são necessárias ou convenientes para o país. Criticar não é colocar defeitos e inviabilizar ações, é proceder a análise racional e justa. Já existem os partidos políticos para atuarem enquanto situação e oposição.

Além do mais, que sentido faria se uma imprensa que defendesse a eleição do primeiro líder negro na África do Sul passasse automaticamente a promover boicote ao seu governo ou gerar uma insatisfação popular que dificultasse a execução de seus projetos de desenvolvimento para o país?

Esse discurso é sempre utilizado por veículos e profissionais que atacam o governo quando os opositores estão no poder em função de relações promíscuas com outros partidos ou grupos políticos.

É CORRETO AFIRMAR QUE QUEM TEM O PODER CONTROLA A IMPRENSA, POIS PODE BARGANHAR APOIO COM O DINHEIRO PÚBLICO?

Não. Um exemplo é o Washington Post que há décadas se posiciona ao lado dos Democratas. Se a questão fosse meramente financeira, nem sempre o partido que está no governo é o que paga mais. Quando os Republicanos assumem a presidência, restam ainda muitos estados e municípios governados pelos Democratas e podem recompensar regiamente os veículos que se tornam armas para desestabilizar o governo em exercício. Existem também os projetos de poder que incluem empresários da comunicação.

Não estamos afirmando que esse seja o caso do Washington Post, que pode ser apoiador dos Democratas por questões ideológicas.

NÃO DEVERIA SER PROIBIDO AO GOVERNO DE GASTAR O DINHEIRO PÚBLICO COM VEÍCULOS DE COMUNICAÇÃO?

Ao contrário, é obrigação do governo fomentar e apoiar financeiramente a imprensa para cumprir a exigência constitucional de dar publicidade aos seus atos. Sem anúncios do governo na imprensa, as linhas de crédito, por exemplo, ficariam restritas a quem tivesse proximidade com os políticos. Também não haveria divulgação de campanhas de vacinação e a população não tomaria conhecimento de decisões no Congresso que fossem prejudiciais ao povo. A promiscuidade nas relações imprensa e Governo se dão quando os veículos passam a chantagear o poder público em troca de dinheiro, ou quando o Governo abre os cofres públicos para impedir veiculação de denúncias, perseguir adversários ou manipular informações. Ambos os casos são comuns entre governos e veículos de imprensa corruptos.

OS VEÍCULOS DE COMUNICAÇÃO NÃO DEVERIAM SE MANTER SEM VERBA DO GOVERNO E CEDER ESPAÇO GRATUITO PARA A DIVULGAÇÃO DOS ATOS DOS GOVERNOS?

Alguns segmentos da comunicação são especialmente onerosos. Os jornais impressos, por exemplo, não são vias de alto retorno do investimento de publicidade, mas representam uma via de informação de forte tradição. Os custos de edição, impressão e distribuição são altos, demandando apoio financeiro para continuar no mercado. Quanto maior a região de distribuição, maiores os custos, razão pela qual o governo deve apoiar a regionalização dos veículos. Outros segmentos, como redes de televisão, já são mais eficientes no retorno da propaganda.

COMO CONCILIAR DINHEIRO DO GOVERNO COM LIBERDADE DE IMPRENSA?
Distribuindo a verba da comunicação equitativamente (de forma justa) entre os veículos, considerando a tiragem, alcance e a necessidade de levar a informação e incentivar a comunicação mesmo nos municípios mais remotos do país. Independente da linha editorial do veículo (mesmo fazendo oposição ao governo), sua cota de participação deve ser garantida. O importante é que o governo garanta a multiplicidade de vozes e opiniões na comunicação atendendo a veículos de todas as regiões. A Internet, que representa um novo segmento, começa a assumir uma importante função por se tratar de um veículo interativo, com perspectivas de se tornar dominante no cenário da comunicação. O governo tem o dever de possibilitar seu desenvolvimento sob pena de o país se tornar ultrapassado em termos tecnológicos.

A IMPRENSA NO BRASIL

Enquanto nos Estados Unidos existem 632 jornais diários de **grande circulação**, muitos deles regionais, no Brasil apenas quatro grupos monopolizam o mercado, não apenas de jornais impressos, mas formando uma teia de comunicação que cobre todo o país, enviando o conteúdo nacional pronto, evitando o crescimento de novos veículos e a diversidade de opiniões.

Origem do problema da imprensa no Brasil

Em meados do século passado, sob acusação de ameaça comunista, os Estados Unidos apoiaram diversos golpes de estado na América Central e América do Sul, instaurando ditaduras:

1954 – GUATEMALA e PARAGUAI

1962 – ARGENTINA

1964 – BRASIL e BOLÍVIA

1973 – CHILE e URUGUAI

Com propósitos comuns, os ditadores do Chile, Argentina, Bolívia, Paraguai, Uruguai e Brasil se uniram no que é conhecido como Operação Condor para reprimir opositores.

As ditaduras dependem do silêncio da imprensa para ocultar a violação dos direitos e acomodar a população. Portanto, em todos esses países **houve perseguição e assassinatos de jornalistas e fechamento de jornais, rádios e emissoras de TV**. Em todos esses países **sobreviveram os veículos de imprensa que se aliaram às ditaduras** e que cooperavam com os propósitos americanos. Em troca da colaboração e do silêncio, receberam vasto apoio financeiro, formando monopólios e oligopólios nesses países.

No Brasil, foi instaurado **o regime de concessões de rádios e TVs**, com a finalidade de controlar quem teria direito a voz no país. Os veículos apoiadores tornaram-se parceiros dos cofres públicos, recebendo fortunas, expandindo seu império pelo país e colocando seus proprietários entre as maiores fortunas do Brasil.

Apesar das histórias alimentadas por esses veículos de contestação ao regime, o fechamento dos líderes de audiência como a TV Tupi, Manchete e todos os grupos não aliados, e a sobrevivência desses poucos veículos que encontraram o apogeu justamente na ditadura são claros indícios de que a suposta resistência, se ocorreu, não passou de fachada ou foi insuficiente para perderem as amplas verbas do governo militar.

SÃO ELES:

OS QUATRO GIGANTES

FOLHA DE S.PAULO | O ESTADO DE S.PAULO

EDITORA Abril | REDE GLOBO

DOS QUATRO GIGANTES, TODOS TÊM SEDE NA REGIÃO SUDESTE, SENDO FOLHA, ESTADÃO, EDITORA ABRIL E UMA CENTRAL DE JORNALISMO DA GLOBO SEDIADOS EM SÃO PAULO-SP.

OS GRUPOS SÃO FAMILIARES E SÓCIOS ENTRE SI EM DIVERSAS PUBLICAÇÕES.

MAPA DO PODER DA IMPRENSA NO BRASIL

*A RBS foi excluída por se tratar de retransmissora da Globo.

A concentração é responsável pelo subdesenvolvimento das demais regiões do país, ocorrida nas décadas passadas, já que os veículos definem uma estratégia comum e desde o início das eleições diretas elegeu os candidatos à presidência que representavam seus interesses, com exceção das eleições ocorridas a partir de 2002.

Nos estados brasileiros, os maiores jornais, rádios e emissoras de televisão são predominantemente filiados da Rede Globo, e as revistas de maior circulação são da Editora Abril e Editora Globo, muitas delas produzidas em sociedade entre integrantes dos quatro gigantes.

A família Marinho (Globo) ocupa o primeiro lugar entre as maiores fortunas do Brasil, e a família Civita (Editora Abril) a 11ª colocação.

JORNALISMO É A QUARTA PIOR PROFISSÃO NO BRASIL

Com o conteúdo nacional saindo pronto de São Paulo para todo o país, o jornalismo no Brasil se tornou a 4ª pior profissão no Brasil, com poucas vagas e salários equivalentes ao de profissionais não especializados. Enquanto os jornalistas brasileiros têm média salarial de US$ 9.000,00, os jornalistas em início de carreira nos EUA recebem US$ 40.900,00 anuais.

Os quatro gigantes apoiam abertamente o partido que foi criado em São Paulo em 1988, o PSDB, que na primeira eleição emplacou o tucano Mário Covas no governo de São Paulo e logo em seguida elegeu o ex-presidente Fernando Henrique Cardoso de Melo.

As relações pessoais das famílias Marinho (Globo), Frias (Folha), Civita (Ed. Abril) e Mesquita (Estadão) entre si e com os membros do PSDB são públicas e conhecidas, assim como ocorre com o Washington Post e o Partido Democrata nos Estados Unidos. A diferença no Brasil é o poder quase totalitário de um grupo controlador da opinião do país e que este se organize em torno de um único partido, defenda uma única ideologia (o capitalismo, com a inserção de empresas americanas no Brasil) e compartilhe abertamente o poder político.

Os brasileiros se acostumaram à concentração e aderem ao poder formador de opinião do grupo, havendo apenas na última década um movimento eleitoral contrário aos interesses da comunicação paulistana.

A manipulação deixou de ser velada. A deturpação da informação é ancorada na falta de preparo ou na passividade do público.

EXEMPLOS DE MANIPULAÇÃO E DETURPAÇÃO USUAL NA IMPRENSA BRASILEIRA:

1 — DIVULGAÇÃO DE "PREVISÕES DE ESPECIALISTAS" (SEM CITAR NOMES OU FONTES) ANUNCIANDO TRAGÉDIAS ECONÔMICAS QUE NÃO SE CONCRETIZAM:

24.02.2013 — Revista VEJA:
Analistas estimam queda de 35% no lucro da Petrobras em 2013
http://veja.abril.com.br/noticia/economia/analistas-estimam-queda-de-35-no-lucro-da-petrobras-em-2013

EFEITO: O bombardeio da imprensa derruba o preço das ações na Bolsa de Valores e afasta investidores.

RESULTADO ANUAL DIFERE DAS "PREVISÕES", MAS A POPULAÇÃO MANTÉM A IMAGEM DE UMA EMPRESA EM BAIXA

25.02.2014 — Lucro da Petrobras cresce 11% em 2013 e atinge R$ 23,6 bilhões.

2 — MANIPULAÇÕES VISUAIS:

Depois de passar o ano apontando alta anual da inflação, o que não ocorreu, a Globo News exibiu um gráfico grosseiramente deturpado para criar a ilusão de descontrole inflacionário.

3 — INVERSÕES INFANTIS

Na gestão do PSDB, quando o país caiu da 8ª para a 15ª economia mundial, as notícias desfavoráveis eram comemoradas para minimizar o efeito sobre o leitor.

26/12/2001

Comércio de São Paulo "festeja" queda de 2% nas vendas

da Folha de S.Paulo

http://www1.folha.uol.com.br/folha/dinheiro/ult91u38297.shtml

Na gestão do partido adversário, crescimento de 2,7% nas vendas de balcão e de 41% no *e-commerce* é noticiado como catástrofe econômica.

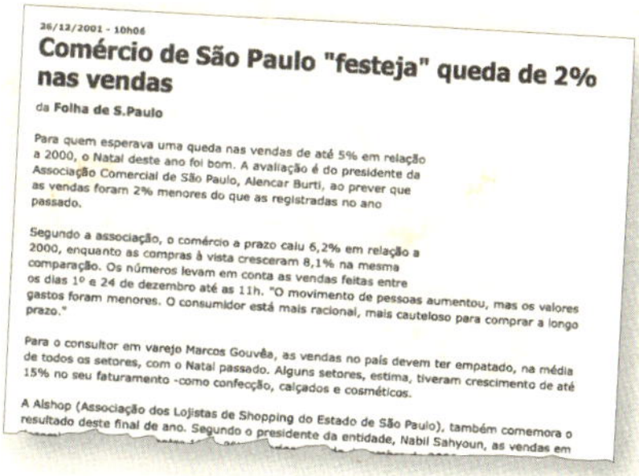

26/12/2001 - 10h06

Comércio de São Paulo "festeja" queda de 2% nas vendas

da **Folha de S.Paulo**

Para quem esperava uma queda nas vendas de até 5% em relação a 2000, o Natal deste ano foi bom. A avaliação é do presidente da Associação Comercial de São Paulo, Alencar Burti, ao prever que as vendas foram 2% menores do que as registradas no ano passado.

Segundo a associação, o comércio a prazo caiu 6,2% em relação a 2000, enquanto as compras à vista cresceram 8,1% na mesma comparação. Os números levam em conta as vendas feitas entre os dias 1º e 24 de dezembro até as 11h. "O movimento de pessoas aumentou, mas os valores gastos foram menores. O consumidor está mais racional, mais cauteloso para comprar a longo prazo."

Para o consultor em varejo Marcos Gouvêa, as vendas no país devem ter empatado, na média de todos os setores, com o Natal passado. Alguns setores, estima, tiveram crescimento de até 15% no seu faturamento -como confecção, calçados e cosméticos.

A Alshop (Associação dos Lojistas de Shopping do Estado de São Paulo), também comemora o resultado deste final de ano. Segundo o presidente da entidade, Nabil Sahyoun, as vendas em

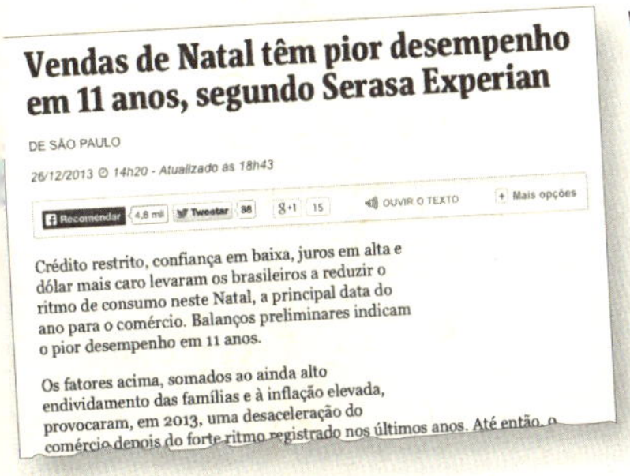

Vendas de Natal têm pior desempenho em 11 anos, segundo Serasa Experian

DE SÃO PAULO

26/12/2013 14h20 - Atualizado às 18h43

Recomendar 4,8 mil | Tweetar 88 | +1 15 | OUVIR O TEXTO | + Mais opções

Crédito restrito, confiança em baixa, juros em alta e dólar mais caro levaram os brasileiros a reduzir o ritmo de consumo neste Natal, a principal data do ano para o comércio. Balanços preliminares indicam o pior desempenho em 11 anos.

Os fatores acima, somados ao ainda alto endividamento das famílias e à inflação elevada, provocaram, em 2013, uma desaceleração do comércio depois do forte ritmo registrado nos últimos anos. Até então, o

Vendas de Natal têm pior desempenho em 11 anos...

(O crescimento de 2,7% nas vendas não aparece nas manchetes.)

http://www1.folha.uol.com.br/mercado/2013/12/1390201-vendas-de-natal-tem-pior-desempenho-em-11-anos-segundo-serasa-experian.shtml

É singular que os quatro grupos de imprensa sigam sempre a mesma linha de abordagem e pauta, o que aponta para um cartel da comunicação no Brasil, fazendo sociedades e parcerias na divulgação das suas empresas.

O extraordinário poder econômico, de formação de opinião e comportamento do brasileiro, além das relações políticas e estratégias de manipulação, foram objeto de documentário produzido pela BBC de Londres e exibido na televisão britânica em 1993, ainda inédito para a maioria dos brasileiros, atualmente disponível na internet.

Segundo o documentário da BBC de Londres, em 1962 um acordo assinado com a americana Time-Life proporcionou a Roberto Marinho o acesso a um capital de 6 milhões de dólares, o que lhe garantiu recursos para comprar equipamentos e infraestrutura para a Globo. A TV Tupi, à época a maior emissora do país, havia sido montada com um capital de 300 mil dólares. A Globo se tornou a maior emissora na ditadura militar e introduziu a cultura e filmes americanos em sua programação.

https://www.youtube.com/watch?v=YOjp46Jv4MU

Em todos os estados do Brasil os veículos de pequeno porte naufragam na tentativa de se inserir no mercado, já que a propaganda dos jornais das filiadas na programação da Globo eliminam a competitividade.

Num país com 27 estados, a Rede Globo possui 117 afiliadas, cada uma delas reproduzindo regionalmente o conteúdo nacional produzido pelo *O GLOBO* em jornais locais que, via de regra, são líderes em suas regiões.

Os pequenos jornais e rádios, sem recursos para uma equipe completa de jornalistas, basicamente replicam o que vem dos grandes jornais paulistanos, reverberando a voz do grupo de domínio e aumentando o poder deles sobre o mercado. Comumente, esses veículos e seus jornalistas não se dão conta de que estão minando as próprias oportunidades e reverberando discursos que interessam não ao país, mas ao fortalecimento do gigante que devora as possibilidades de crescimento e aumento da abrangência e utilidade pública dos seus veículos, reforçado o *status quo* quando defendem as causas e ecoam os discursos dos que defendem o monopólio da comunicação.

Quase tudo que você vê, lê e escuta vem da mesma fonte: os QUATRO GIGANTES DO BRASIL.

Revistas, jornais, cinema, canais fechados, música, *sites*... O cerco foi fechado. Para onde quer que olhe, eles estarão ditando o que você deve pensar e ser.

AS DEZ REVISTAS SEMANAIS MAIS VENDIDAS NO BRASIL

Veja

ED. ABRIL

Época

ED. GLOBO

IstoÉ

ED. TRÊS

Caras

ED. ABRIL

Ana Maria

ED. ABRIL

Viva

ED. ABRIL

Contigo

ED. ABRIL

Tititi

ED. ABRIL

Malu

ED. ALTO ASTRAL

Recreio

ED. ABRIL

- Das dez revistas semanais mais vendidas, apenas duas não pertencem aos quatro gigantes

REVISTAS MENSAIS MAIS VENDIDAS NO BRASIL

TÍTULO	2009 JAN A JUN	EDITORA
Nova Escola	459.393	Abril
Cláudia	405.413	Abril
Seleções do Reader's Digest	404.904	Reader's Digest
Superinteressante	362.290	Abril
Nova	223.260	Abril
Manequim	214.896	Abril
Boa Forma	200.128	Abril
Marie Claire	199.108	Globo
Quatro Rodas	190.695	Abril
Guia Astral	185.004	Alto Astral

OUTROS JORNAIS DO GRUPO ENTRE OS DE MAIOR CIRCULAÇÃO PERTENCENTES AOS QUATRO GIGANTES

EXTRA
União estuda reduzir imposto de geladeiras e fogões
Torcida organizada pode dar o milhão do 'BBB' para Max

JORNAL EXTRA
GLOBO

ZERO HORA
DOMINGO
SOLTEIRO NA PISTA DO BBB
Novos estádios mudam para sempre a forma de torcer

JORNAL ZERO HORA
AFILIADA DA GLOBO – RS

Daqui
JOGO DE JANTAR
BRASIL X HOLANDA
É ESPREMER A LARANJA OU VOLTAR COMO BAGAÇO
PRESO HOMEM ACUSADO DE ESTUPRAR E MATAR JOVEM

JORNAL DAQUI
AFILIADA DA GLOBO – GO

DIÁRIO GAÚCHO
Falta praça na Zona Sul
Império e o luxo na passarela
Mistério na morte de jovem
GAUCHÃO: CLÁSSICO PODE SAIR SE DUPLA SUPERAR ADVERSÁRIOS
Gre-Nal só

JORNAL DIÁRIO GAÚCHO
AFILIADA DA GLOBO – RS

Valor ECONÔMICO
Concorrência do trem-bala é adiada outra vez, para julho
Mudanças à vista no setor de etanol

VALOR ECONÔMICO
GLOBO E FOLHA

CANAIS DE TELEVISÃO DO GRUPO GLOBO

GLOBO
GLOBONEWS - TELECINE
CANAL VIVA
SPORT TV
PREMIERE
GNT
MULTISHOW
PREMIERE FC
UNIVERSAL CHANEL
STUDIO UNIVERSAL
CANAL BRASIL
SEXY HOT
PLAYBOY TV
VENUS
PRIVITE
SEXTREME

GRAVADORAS

SOM LIVRE
RGE

LISTA DE EMPRESAS POR GRUPO

O Jornal *O Globo* foi fundado em 1925, mas foi no período da ditadura que alcançou expansão vertiginosa, tornando-se a segunda maior rede de comunicação do planeta, posição que ocupa ainda hoje. Em setembro de 2013, a Globo, em meio a fortes protestos, assumiu seu apoio à ditadura e se desculpou publicamente pelo que considerou um "erro", e alegou que a *Folha* e *Estadão* fizeram o mesmo.

Os três irmãos Marinho aparecem no primeiro lugar na lista de maiores fortunas do Brasil da revista *Forbes*, com 28,9 bilhões de reais.

Televisão aberta: Rede Globo de Televisão – Globo São Paulo, Globo Rio, Globo Minas, Globo Brasília e Globo Nordeste e 117 emissoras afiliadas – TV Cultura.

TV a cabo e satélite: NET e SKY.

Canais próprios ou em parcerias: TV Globo Internacional, Globo News, SporTV1, SporTV2, SporTV3, Premiere, GNT, Multishow, Viva, Premiere Shows, Rede Globo, Gloob,

GNT, Bis, Globosat, OFF, Combate, Philos, Muu, Receitas GNT, Telecine Play, + Bis, Premiere, FC.com, Rede Telecine, Telecine Action, Telecine Cult, Telecine Fun, Telecine Pipoca, Telecine Premium, Telecine Touch, Megapix, Universal Channel, Syfy, Studio Universal, Canal Brasil, Sexy Hot, For Man, Playboy TV, Venus, Private, Sextreme.

Rádios e web rádios: Rádio Globo, BH FM, CBN, Beat 98, Globo FM, Rádio Canal Brasil (a cadeia de rádios de propriedade de suas afiliadas em todo o Brasil reproduz suas notícias).

Jornais: O Globo, Extra, Expresso, Valor Econômico (os jornais regionais de propriedade das suas afiliadas por todo o Brasil reproduzem o conteúdo destes, quase todos liderando ou monopolizando o segmento nos estados).

Internet: Globo.com, G1, Gshow, GloboEsporte.com, EGO, Globo TV, TVG, TechTudo, Frases.com.br, Musica.com.br, Plim-Plim, Globo Rádio.com, Paparazzo, Eu Atleta, Receitas.com.br, Globo News, Meus 5 minutos, ZAP (imóveis).

Revistas: Revista Época, Época Negócios, Galileu, Auto Esporte, Casa e Jardim, Casa e Comida, Crescer, Globo Rural, Marie Claire, Pequenas Empresas & Grandes Negócios, Quem, Monet, e com parcerias, as revistas Vogue, GQ, Glamour, Casa Vogue.

Gravadoras: Som Livre, RGE.

Cinema/distribuidoras: Globo Filmes.

Licenciamentos: Globo Marcas.

GRUPO FOLHA

Fundado em 1912 pela família Frias, admite e justifica o apoio à ditadura, período em que se consolidou como potência. Muitos de seus jornalistas eram contratados para cargos públicos no governo militar.

Jornalismo: Folha de S.Paulo, TV Folha, *Site* F5, Folha Internacional, Agora São Paulo, Valor Econômico (em sociedade com as Organizações Globo), Guia Folha,

Revista São Paulo, Revista Serafina, Revista da Hora, Guia Folha de livros, vídeos e filmes, Jornal Alô Negócios (PR), Folhapress (agência de notícias), Acervo Folha (arquivo digital), Banco de Dados Folha.

Livros: Editora Publifolha, Selo, Três Estrelas, Livraria da Folha.

Gráficas: Plural, Folha Gráfica.

Pesquisas: Instituto Datafolha.

Internet e tecnologia da informação: *Site* da Folha, UOL, PagSeguro, BoldCron, Colorcube Games, BOL, Uni5.com, Emprego Certo, Cobre Direto, Todo Desconto, Livraria da Folha, Zipmail, DHC, Metade Ideal, Toda Oferta, NotaNet, Radar de Descontos.

O ESTADO DE S. PAULO

Fundado em 1875 pela família Mesquita, alcançou o apogeu durante a ditadura, quando atingiu a tiragem de 340 mil exemplares diários. Fundou novos jornais e a Agência Estadão de Notícias.

Emissoras do Grupo:

São Paulo: Estadão ESPN, Eldorado Brasil 3000, Rádio Eldorado Centro Norte Paulista, Rádio Metropolitana, Rádio Criativa FM, Super Rádio Jornal AM, Princesa FM, Rádio Educadora, Rádio Studio FM, Rádio Cruzeiro FM.

Ceará: Rádio Verde Vale AM.

Goiás: Rádio Aliança.

Paraná: Rádio Cultura.

Minas Gerais: Rádio Itatiaia AM/FM, Rádio Paraíso AM, São Sebastião do Paraíso, Rádio Minas FM.

Santa Catarina: Rádio Guarujá, SBT.

GRUPO Abril

Em março de 2013, a revista americana Forbes colocou o ex-presidente do grupo, Roberto Civita (falecido no mesmo ano), como o 258º homem mais rico do mundo, com uma fortuna de US$ 4,9 bilhões. Em 2006, o grupo Sul-africano Naspers (que foi porta-voz do regime do Apartheid na África do Sul) tornou-se sócio adquirindo 30% do grupo de comunicação.

O grupo Abril tem entre suas empresas a Editora Abril que publica 54 títulos, com circulação de 188,5 milhões de exemplares, em um universo de quase 28 milhões de leitores e 4,1 milhões de assinaturas, sendo a maior do segmento na América Latina.

A revista VEJA é hoje a maior revista do Brasil e a segunda maior e mais lida revista semanal de informação do mundo, sendo a maior do mundo fora dos Estados Unidos.

TERCEIRA PARTE

Corrupção, Meios e Soluções

O que dizem por aí...

"TODOS OS POLÍTICOS SÃO LADRÕES."

"QUALQUER UM QUE ENTRAR VAI SER A MESMA COISA."

"A CORRUPÇÃO SÓ EXISTE POR FALTA DE POLÍTICO HONESTO."

“BASTA SEREM ELEITOS E JÁ PARAM DE FALAR CONTRA A CORRUPÇÃO.”

CAPÍTULO 6

CORRUPÇÃO: A RESPONSABILIDADE DE CADA PODER

“GOSTO DESSE DEPUTADO PORQUE ELE FALA GROSSO CONTRA A CORRUPÇÃO.”

CAPÍTULO 6

Há décadas ouvimos sobre a corrupção endêmica no Brasil. Os jornais noticiam diariamente casos de desvios milionários no Executivo, Legislativo e Judiciário, envolvendo a organização federal, estados e municípios.

Todos se dizem contra a corrupção, mas não se apresenta nada de concreto para estancá-la. Assim, **o discurso corrente é de que o governo é corrupto. Mas, quem é o governo?** Com a interdependência dos três poderes, a quem atribuir a responsabilidade pela corrupção quando o Legislativo fiscaliza o Executivo e o Judiciário investiga as denúncias de corrupção? A corrupção é federal, estadual, municipal ou de todos?

Afinal:

? DE QUEM É A CULPA PELA CORRUPÇÃO? QUEM SÃO OS CORRUPTOS?

Sem entender a razão do silêncio e da falta de ação política na questão da corrupção, a indignação popular de nada adiantará. O primeiro passo é desmascará-la em sua razão de ser e modo de operação.

Apesar da baixa credibilidade da classe política entre a população, todo o mundo tem um deputado ou senador que considera um pouco mais íntegro. Quem seria o seu? Vale escolher alguém que esteve no Congresso num passado recente, figuras conhecidas nacionalmente que já estiveram no Senado. Pense em quem defendeu uma ideia com a qual você concorda e que ainda está lá. Atletas, pastores, defensores do regime militar, da luta contra a homofobia, da educação... Quem seria sua referência? O importante é pensar em ao menos um nome e mantê-lo em mente ao responder às seguintes perguntas:

- **Por que pessoas aparentemente íntegras e respeitáveis conviveriam em meio à corrupção sem denunciar os corruptos?**
- **É possível que aqueles que convivem tão de perto com a corrupção sejam incapazes de identificá-la?**
- **Poderia haver um pacto secreto entre todos os políticos para se acobertarem mutuamente?**

A verdade é que há, sim, um pacto velado entre políticos em relação à corrupção, um teatro no qual cada político nega, por saber que é isso que a população espera dele: a negação. E esse pacto não verbalizado ocorre na porta de entrada da carreira política, ou seja, nas eleições.

UM POUCO MAIS ABAIXO

Num sistema de financiamento privado de campanhas, e com disputas eleitorais tão onerosas, a população deveria se perguntar de onde vem o dinheiro que financia a eleição dos candidatos. É evidente que as empresas, organizações que visam lucro, doariam dinheiro para campanhas por amor a causas sociais. **A população não se indigna ao saber que as eleições serão bancadas por doações de empresas, e essa hipocrisia do eleitor é a raiz do problema.**

Dizer que cada candidato deveria arcar com os custos da própria campanha é **uma atitude de esvaziamento do verdadeiro debate e busca de solução,** pois o retorno dos salários pagos pela função não cobririam o investimento, além de que a hipótese abriria portas para que traficantes, bicheiros e lobistas tomassem de assalto o Congresso colocando lá seus representantes, pois não lhes faltaria dinheiro para garantir defesa legal de suas atividades, algo que já vimos acontecer num passado recente. Enquanto isso, os candidatos com bons propósitos estariam impedidos de concorrer aos cargos eletivos.

De acordo com o atual sistema, as empresas fazem doações e os candidatos sabem que haverá contrapartida. **Desvio de caráter dos candidatos? Não. Desvio de caráter da população que se recusa a enfrentar a questão.**

Ainda que o candidato delegue no partido a responsabilidade financeira de sua campanha, ele sabe que acordos estão sendo feitos e terá que cumpri-los depois de eleitos. A maior integridade que se pode cobrar de um político, no sistema eleitoral do Brasil, é que receba somente os recursos para custear as campanhas, e não para enriquecimento ilícito.

Fornecedores e empresas ligadas aos governos de todas as esferas sabem que a questão dos custos de campanha é tratada abertamente fora dos holofotes. E sob a alegação da necessidade de obter recursos para os pleitos, abre-se uma verdadeira negociata, uma prática secular no Brasil por onde escorrem anualmente bilhões do dinheiro público, importância centenas de vezes superior ao custo das campanhas.

Por que ninguém denuncia o enriquecimento ilícito de tantos políticos? Porque independentemente de o político haver recebido dois reais ou 200 milhões, a prática é considerada ilícita, podendo gerar consequências graves para o denunciante.

Assim, tão logo são empossados, políticos e partidos passam a buscar meios de cumprir as promessas de pagamento. E logo em seguida, a viabilizar acordos para reunir recursos para a campanha seguinte.

Goste ou não, essa é a política do mundo real no sistema atual.

ENTENDA: NA ESFERA DO PODER PÚBLICO NÃO EXISTE O TERMO "CORRUPÇÃO", EXISTE APENAS "CONTRIBUIÇÃO PARA CAMPANHAS".

O que dizem por aí...

“CORRUPÇÃO NÃO TEM NADA A VER COM SISTEMA, TEM A VER COM CARÁTER.”

“O DEPUTADO QUE TRAZ MAIS OBRAS PARA O ESTADO É O MELHOR.”

“AS EMPRESAS DOARIAM DINHEIRO PELO BEM DO PAÍS?”

"ESTÃO COBRANDO UM PERCENTUAL PARA LIBERAR PAGAMENTOS DE FORNECEDORES."

CAPÍTULO 7

CORRUPÇÃO E SISTEMA ELEITORAL

"MELHOR FAZER CAMPANHA COM DINHEIRO DAS EMPRESAS DO QUE TIRAR DO MEU BOLSO."

CAPÍTULO 7

TÉCNICAS MAIS COMUNS DE DESVIO DO DINHEIRO PÚBLICO

1 – Contratação de serviços ou fornecimento de material.

É feito um acordo para facilitar a contratação. A empresa assume o compromisso de devolver secretamente um percentual do valor em contas de "laranjas" ou por meios não rastreáveis, "para ajudar nas despesas de campanha".

Muitas vezes ocorre o fato de servidores usarem o nome de políticos para negociar propinas que vão direto para suas próprias contas.

2 – Cargos públicos.

O político recebe um número de cargos para atender aos apoiadores das campanhas. Ele coloca nas funções pessoas de sua confiança que ou não exercem a atividade, ou que recebem um valor menor pela função. O político ou seus assessores ficam de posse do cartão da conta bancária, e no vencimento, sacam o valor, ficando com uma parte "para ajudar nas despesas de campanha".

Há excesso de cargos no Senado, onde foram flagradas 110 diretorias para organizar a estrutura para atender a apenas 81 senadores.

3 – Inserção de funcionários fantasmas nas folhas de pagamento, ficando os cartões na posse dos organizadores do esquema.
Essa forma de desvio já foi flagrada diversas vezes nas Assembleias Legislativas e Câmaras de Vereadores.

4 – O deputado se compromete a inserir uma emenda orçamentária para uma obra no município, como escola ou hospital. Ao obter o recurso do governo federal, o prefeito devolve ao deputado um percentual do valor "para ajudar na campanha" e executa uma obra de baixa qualidade.

5 – Nas licitações de parcerias público-privadas, são inseridas exigências que se enquadram somente nas especificações de determinada empresa. As licitações de aquisições ou concessões são vinculadas a um alto valor de pagamento inicial. Parte desse valor retorna para o partido ou político "para ajudar na campanha".

Os desvios são generalizados e atingem todas as instâncias do poder, desde a compra de medicamentos que deixam doentes terminais sem atendimento até reforma de escolas.

Os servidores são, muitas vezes, testemunhas das ações de seus superiores, e muitos se aproveitam da informação para fazer seus próprios negócios, deixando tacitamente expressa a situação de que se for impedido ou denunciado, poderá contribuir com informações que colocariam seus chefes em situação complicada.

Assim, torna-se praticamente impossível desarticular todos os focos de corrupção que já se tornaram tradição no Brasil — uma tradição tão longa quanto a história do país.

As investigações da Polícia Federal se intensificaram na última década, o que resultou na prisão de diversas autoridades e servidores. No entanto, quanto mais poder e dinheiro tiver o político, mais fácil será escapar dos rigores da lei, pois diversos juízes já foram denunciados por vender sentenças.

A compra de votos feita por um ex-presidente para aprovação da reeleição no Brasil foi acertada com o pagamento de valores a deputados não como mera transação financeira, mas "para ajudar nas campanhas". O mesmo ocorreu com o Mensalão, que pela primeira vez na história levou políticos e autoridades para a prisão. O autor da denúncia não se referiu a um pagamento por apoio, mas a "acertos para ajudar a pagar as despesas de campanha".

A alegação da necessidade de recursos para as campanhas — uma necessidade comum a todos — estabelece a conivência e o silêncio em torno de todas as formas de corrupção, resultando em casos de acúmulo de verdadeiras fortunas por parte de alguns, como o deputado que ficou famoso por construir um castelo avaliado em 30 milhões. O deputado acabou impune.

DESTRUIR A ALEGAÇÃO DA "AJUDA PARA A CAMPANHA" COMO MEDIDA DE COIBIR A CORRUPÇÃO

Sem a desculpa da campanha para propor acordos, dificilmente o político admitiria para um fornecedor que pretendia receber a propina para apropriar-se do dinheiro para fins pessoais.

Sem precisar usar os mesmos recursos, ainda que em doses menores e especificamente para campanhas, os políticos se tornariam fiscais uns dos outros, com liberdade para denunciar os que ousassem incidir na prática.

ROMPER COM A HIPOCRISIA DA POPULAÇÃO E PROIBIR AS DOAÇÕES PARA CAMPANHAS É TRANSFORMAR A CORRUPÇÃO EM ATO DE CORRUPÇÃO. ESSE É O PRIMEIRO PASSO PARA COIBI-LA.

QUARTA PARTE

Assuntos que estão na Pauta de Debates na Atualidade

O que dizem por aí...

"MUDAR O SISTEMA NÃO ADIANTA NADA. SEMPRE HAVERÁ CAIXA 2."

"CADA UM QUE FAÇA CAMPANHA COM O SEU DINHEIRO."

"LISTA FECHADA, LISTA ABERTA... DÁ TUDO NA MESMA."

"SOU CONTRA O FINANCIAMENTO PÚBLICO, PORQUE O POVO NÃO TEM QUE BANCAR A ELEIÇÃO DE LADRÕES."

CAPÍTULO 8

ASSUNTOS QUE ESTÃO NA PAUTA DOS DEBATES

"POLÍTICO QUE QUER ROUBAR ROUBA DE TODO JEITO, REFORMA POLÍTICA NÃO ADIANTA."

CAPÍTULO 8

REFORMA POLÍTICA

Poucos temas são uma unanimidade no Brasil como a REFORMA POLÍTICA. Políticos de todos os partidos, imprensa, analistas políticos, todos se dizem a favor da reforma política e a apontam como medida urgente e remédio contra a corrupção.

— SE TODO O MUNDO É A FAVOR DA REFORMA POLÍTICA, POR QUE ELA NUNCA ACONTECE?

— POR CAUSA DO "MAS"...

Em 2008, o governo federal apresentou ao Congresso um projeto para que a casa aprovasse a reforma política, e o presidente acabou ameaçado de *Impeachment* por querer legislar no lugar do Legislativo.

Em maio de 2013, um mês antes dos movimentos de rua, a proposta de reforma política foi arquivada no Congresso, e quase ninguém soube disso.

Durante as manifestações de junho de 2013, a presidente em exercício reuniu governadores e convocou a imprensa para propor em conjunto um plebiscito pela reforma política, indicando que se as manifestações eram contra a corrupção, então era preciso fazer a reforma política para combatê-la. A proposta delegava ao povo o poder de decidir pelo sistema que ajudaria a combater a corrupção. A proposta foi rechaçada pela oposição, imprensa e, ironicamente, por boa parte da população.

Em 2014, a OAB (Ordem dos Advogados do Brasil) recorreu diretamente ao STF com uma ação de inconstitucionalidade de doações de empresas para campanhas. Aprovada pela maioria dos ministros, o ministro Gilmar Mendes pediu vistas ao processo e paralisou a votação.

Onde entra o MAS...

"ESTAMOS DE ACORDO COM A REFORMA POLÍTICA, MAS..."

Argumentos usuais para impedir a reforma:

"Estamos de acordo com a reforma política, **MAS** ela deve ser votada pelos deputados e senadores, legítimos representantes do povo."

Contradição: "Os deputados e senadores não aprovariam medidas de restrição para si mesmos, sobretudo aqueles que já possuem os esquemas consolidados de desvio de dinheiro com a desculpa de "ajuda para a campanha".

"Somos a favor da reforma política, **MAS** se aprovarem o financiamento público, a população terá que tirar dinheiro do bolso para a campanha de corruptos."

A população é quem paga TODAS as campanhas no sistema atual, pois é dos cofres públicos que sai a restituição para as empresas doadoras que exigem, invariavelmente, muito mais do que investiram. Esse "reembolso" ocorre por meio de contratos superfaturados que permeiam as administrações públicas em todos os níveis. No processo do "reembolso" é que a conta sai do controle e muitos políticos aproveitam para desviar verdadeiras fortunas para contas em paraísos fiscais, ou transferindo-as para o nome de laranjas e consolidando vasto patrimônio em território nacional.

O DISCURSO REI DOS OPORTUNISTAS

"PODEMOS APROVAR A REFORMA POLÍTICA, MAS NÃO FARÁ DIFERENÇA, PORQUE OS CORRUPTOS CONTINUARÃO USANDO CAIXA 2*."

Com o financiamento público, os valores disponíveis para que os partidos façam suas campanhas serão conhecidos por todos. Assim, basta que o Ministério Público faça as contas do custo do material e investimentos feitos em cada campanha para saber se o partido ou candidato extrapolou o valor.

Sem o financiamento público, é impossível saber os valores arrecadados e a compatibilidade com as despesas até a prestação de contas.

O financiamento público limitaria os valores que partidos e candidatos poderiam gastar, estabelecendo valor máximo por cargo disputado.

Os próprios candidatos poderiam fiscalizar os concorrentes, pois saberiam se esses ou aqueles gastos caberiam no orçamento disponível para a campanha.

AS DUAS RAINHAS DAS RAZÕES PARA O FINANCIAMENTO PÚBLICO

Ninguém mais poderia utilizar com empresas e colegas de casa a desculpa de que está arrecadando "ajuda para a campanha". Assim, os políticos honestos, que entraram pelas regras normais, poderiam denunciar qualquer tentativa de desvio.

O sistema possibilitaria o ingresso dos honestos no jogo político, pois estes disporiam de recursos legais para a campanha e não precisariam se corromper na porta de entrada.

* Caixa 2 — Recursos não declarados nas prestações de contas.

Do mesmo modo, só limparemos o cenário político colocando, ainda que aos poucos, bons políticos que irão substituindo os corruptos, que os fiscalizarão, exigirão e denunciarão posturas. Para isso, os políticos honestos devem ter a alternativa de entrar "sem rabo preso", ou seja, sem a dependência de empresas doadoras.

DESAFIO

Você tem um balde cheio de água suja e quer trocar seu conteúdo por água limpa. Esse balde está preso ao chão, você não tem como entornar a água que está nele. Qual a forma mais rápida e simples de fazer essa troca?

Resposta: Entornando água limpa sobre ele. Logo a água suja escoará, por falta de espaço, e só restará a água limpa.

Em todas as eleições aparecem os candidatos honestos que desejam contribuir com suas ideias.

Assim como existem outros que se candidatam amparados pelo investimento de grandes empresários.

O candidato que representa esses poderosos empresários recebe montanhas de dinheiro para fazer sua campanha e se tornar conhecido dos eleitores.

Ele pode fazer grandes festas, contratar muitos cabos eleitorais aos quais promete empregos se for eleito — conquistando, assim, o voto de muitas pessoas inocentes e crédulas, bem como de suas famílias. Ele pode enviar cartões de aniversário para eleitores, comprar votos ilegalmente, espalhar *outdoors* por diversas regiões, fazer campanhas milionárias...

... Enquanto o candidato honesto fica basicamente sem recursos e não consegue levar suas ideias até o povo.

Assim, salvo raras exceções, é eleito o candidato com mais dinheiro para a campanha.

Depois de eleito, é hora de recompensar os empresários pelo apoio, garantindo-lhes um valor muitas vezes maior por meio de favorecimento em licitações ou contratos irregulares. O dinheiro que deveria ser aplicado em escolas, segurança, saúde e outras necessidades da população é desviado por atos de corrupção que financiam campanhas e enriquecem milhares de políticos desonestos, que formam patrimônios milionários graças à desculpa de estar acumulando para garantir as próximas eleições.

AGORA, VEJA COMO SERIAM AS CAMPANHAS POLÍTICAS COM FINANCIAMENTO PÚBLICO

O governo limitaria o valor a ser gasto em campanhas e repassaria a importância aos partidos, proibindo o recebimento de qualquer doação. Assim, os candidatos teriam que fazer campanhas mais econômicas, todos teriam a oportunidade de levar suas propostas e projetos aos eleitores, ninguém ficaria sem chance de expor suas ideias. Como os valores seriam limitados e equivalentes, isso tornaria possível a fiscalização de um partido por seus concorrentes, de um político pelos outros e pelo Ministério Público.

Os políticos honestos passariam a ter reais chances de participar da disputa e de ser eleitos. Sem nenhum compromisso a pagar por sua eleição, o dinheiro público passaria a ser investido em escolas, saúde, segurança, melhorias para a população e desenvolvimento para o país, estados e cidades.

PERGUNTAS E RESPOSTAS:

Não seria mais justo que cada candidato pagasse sua campanha do próprio bolso?

Isso seria "compra" de cargo público e acabaria formando um legislativo dos milionários, onde professores, empregadas domésticas, pessoas do povo não teriam seus interesses representados. Seria fácil, por exemplo, que pessoas com interesses escusos ou planos de saúde e ensino privados bancassem candidaturas para ter quem defendesse seus propósitos transformando em leis medidas nocivas para o povo.

Vale lembrar que o trabalho escravo no campo e o direito aos grandes latifúndios persistem no Brasil pela força da bancada ruralista.

A obrigação de buscar financiamento de campanha afasta muitos idealistas da política. É preciso garantir a essas pessoas o ingresso nos cargos públicos sem que tenham a obrigação de fazer vista grossa para as práticas imorais e ilegais do meio, atualmente obrigatórias por não haver outro jeito senão esse para disputar uma eleição.

De que adianta facilitar o ingresso de pessoas idealistas na política se depois todas elas se tornam corruptas e passam a defender apenas os próprios interesses?

Se todos os políticos fossem corruptos e defendessem apenas os próprios interesses, o Brasil seria um país miserável como muitos no mundo. A garantia de um piso salarial para os professores, por exemplo, foi uma conquista de políticos que tentam melhorar as condições de trabalho dos professores. Ainda que nem todos os governadores e prefeitos cumpram a nova lei, a parte do Legislativo foi feita. Os direitos dos trabalhadores, a redução de impostos para pequenos empresários, a facilidade do ingresso no ensino superior, os direitos trabalhistas e tantas outras medidas que fazem do Brasil um país à frente de muitos outros foram conquistas de políticos que buscam o melhor para o país e a população. Mas como aqueles que conseguem mais recursos são mais facilmente eleitos, muitos projetos não são aprovados por contar com um grande número de parlamentares comprometidos com a defesa dos empresários que investiram muito dinheiro para colocá-los lá.

Nem todos os políticos são ricos, muitos vivem apenas do próprio salário, enquanto outros usam os cargos para acumular verdadeiras fortunas. Há muitos nomes que entraram e saíram da política por desencanto com o sistema ao qual se recusaram a se aliar, assim como há muitos que esperam o financiamento público para se candidatar sem amarras.

Culpar todos é isentar todos, o que não é uma atitude inteligente.

Sabendo que o sistema atual impõe o silêncio e a aceitação de práticas nebulosas, pode-se afirmar que todos os políticos são desonestos?

Não. Significa que muitos entenderam que se não aderissem ao sistema, o país estaria completamente entregue aos oportunistas e aproveitadores, sujeitando-se a entrar por vias indesejáveis a fim de ajudar a promover por vias democráticas as mudanças do sistema. Muitos políticos tentaram, ao longo dos anos, a aprovação da reforma política. Ela não aconteceu por falta de apoio popular, que não se fez ainda presente por ação de uma imprensa que não coloca o tema em pauta, não o reforça, não incita a população a defendê-la, que confunde em vez de esclarecer, que difunde a ideia de que não fará diferença e usa seu poder para desestimular a população. Essa é a razão para a falta de ação e engajamento do povo. Os projetos idealizados pela população encontram sempre bons políticos para propô-los, mas acabam engavetados por falta de divulgação e engajamento popular.

OUTROS PONTOS A SEREM DEBATIDOS NA REFORMA POLÍTICA

VOTO OBRIGATÓRIO OU FACULTATIVO:

COMO É: Todos os eleitores são obrigados a votar, sob pena de multa e restrições.

PROPOSTA: O voto deixaria de ser obrigatório e votaria apenas o eleitor que desejasse participar do processo.

PRÓS: O eleitor que não se interessa em conhecer os candidatos deixaria de votar, comparecendo às urnas apenas aqueles que se interessam pelo processo.

CONTRAS: Por ser uma democracia ainda recente, a apatia da população em relação à política poderia se aprofundar. Por outro lado, grupos com interesses corporativos, políticos com promessas que mobilizam categorias ou determinadas faixas econômicas da sociedade poderiam arrastar um grande número de eleitores para as urnas, deixando as demais sem representatividade no processo político do país.

COLIGAÇÕES:

COMO É: Os partidos fazem coligações com diversos outros, ocupando as vagas aqueles que obtiverem mais votos em toda a legenda, ou seja, considerando todos os votos obtidos pela coligação.

OBS.: O atual sistema causa o rompimento com a ideologia partidária e a política se transforma em negócio. Os partidos pequenos acabam cooptados por aqueles que detêm maior poder econômico e eleitoral, ficando a serviço destes em troca de cargos. Com isso, ocorre uma miscelânea de coligações, na qual partidos adversários no cenário nacional são aliados nos ambientes regionais ou vice-versa. É a morte da ideologia política e da identidade dos partidos.

PROPOSTA: Os partidos ficariam proibidos de fazer coligações para os cargos do legislativo. Acabaria o troca-troca de partidos, no qual candidatos passam hoje para um partido menor, a fim de depender de menos votos em determinada coligação, voltando em seguida para partidos maiores.

VOTO EM LISTA FECHADA, ABERTA OU PROPORCIONAL E DISTRITAL:

1) **Voto com lista aberta ou proporcional**: Para deputados e vereadores, o sistema atual é o proporcional com lista aberta. É possível votar no candidato ou na legenda, e um quociente eleitoral é formado, definindo quais partidos ou coligações têm direito a ocupar as vagas que a somatória do número de votos nos candidatos da coligação ou partido consegue obter. Com base nessa conta, os mais bem votados de cada partido são eleitos. Ex.: O partido X precisa de 2 mil votos para eleger um vereador. Um atleta famoso do partido recebe 10 mil votos, o que garante cinco vagas. Os que obtiveram o segundo, terceiro, quarto lugar em votação ocuparão as vagas, mesmo que tenham recebido um pífio número de votos.

   OBS.: O sistema possibilita a entrada de nomes indesejados, bastando um "puxador de votos" (figura popular) para eleger diversos candidatos.

2) **Voto proporcional com lista fechada**: o voto é no partido, que apresenta uma lista com a ordem de entrada dos candidatos. Ex.: Se o partido recebe 10 mil votos e precisa de 2 mil votos para garantir cada vaga, os cinco primeiros nomes da lista ocuparão as vagas, na ordem constante.

   OBS.: Sabendo que quem governa é o partido, e não o candidato, o eleitor poderia boicotar aquele que apresentasse alguém com denúncias de corrupção. Isso obrigaria os partidos a fiscalizar a atuação de seus integrantes, e sendo os políticos dependentes dos votos no partido, haveria a fiscalização de conduta cruzada, um fiscalizaria o outro, a fim de zelar pela reputação da sigla partidária. O corpo político e partidário passaria a ter interesse direto na denúncia e afastamento de políticos com condutas impróprias.

O projeto político do partido ficaria mais evidenciado e coerente, não havendo possibilidade de candidatos iludirem os eleitores com propostas contrárias à prática e ideologia de seus partidos.

As campanhas se tornariam mais baratas, pois a união dos candidatos para projetar os ideais do partido evita o personalismo dos candidatos.

O eleitor se torna consciente de que, independentemente do candidato, é o partido que traça as regras e limites de sua atuação.

3) **Voto distrital**: os estados e as cidades são divididos em distritos, que escolhem seu representante por maioria de votos.

OBS.: O poder econômico e os "currais eleitorais" ganham força nesse sistema, pois os candidatos de maior poder econômico poderiam aproveitar os intervalos entre as eleições para comprar favores, oferecer benesses e bajular o eleitor. Sobretudo nas regiões menores, esse sistema beneficia os "coronéis da política".

CALENDÁRIO ELEITORAL:

COMO É: De dois em dois anos há eleições, uma para presidente, governadores, senadores e deputados; outra para prefeitos e vereadores.

OBS.: Os custos de organização de uma eleição são altíssimos e o país para de dois em dois anos em decorrência dos pleitos.

PROPOSTA: As eleições seriam unificadas. De quatro em quatro anos o eleitor escolheria presidente, governadores, senadores, deputados, prefeitos e vereadores.

OBS: Redução drástica dos custos e fim da utilização do poder do cargo maior para eleger o menor com promessas de facilitação de recursos.

O que dizem por aí...

"SOU CONTRA PORQUE A REFORMA TEM QUE SER DE TUDO ISSO QUE ESTÁ AÍ."

"PLEBISCITO É DITADURA. O CONGRESSO É QUE DEVE FAZER A REFORMA."

"CONSTITUINTE EXCLUSIVA É DITADURA."

"PLEBISCITO
É CONTRA
O POVO."

CAPÍTULO 9

REFORMA POLÍTICA – PLEBISCITO – CONSTITUINTE EXCLUSIVA

"CONSTITUINTE PARA A
REFORMA POLÍTICA VAI
ACABAR MUDANDO TODA A
CONSTITUIÇÃO."

CAPÍTULO 9

HÁ DIVERSOS TÓPICOS PARA SEREM CONHECIDOS E DEBATIDOS PELA POPULAÇÃO

FORMAS DE VOTAÇÃO DA REFORMA POLÍTICA

1 – Reforma votada no Congresso Nacional pelos deputados e senadores

Como as questões restringem as possibilidades da prática da corrupção, limitam a liberdade individual, fortalecendo os partidos, e aumentam o controle sobre a conduta dos políticos, estes se tornam as figuras menos recomendáveis para votar as propostas, pois há evidente conflito entre o interesse público e o individual. Não por acaso todas as tentativas de reforma foram boicotadas dentro do Congresso.

2 – Plebiscito: reforma definida pela população e referendada pelo Congresso.

(A população votaria nas diversas opções (plebiscito), e caberia aos deputados e senadores confirmar as decisões.)

Os riscos de um plebiscito são:

a) O forte poder da imprensa sobre a opinião do eleitor poderia induzir ao resultado que contempla os interesses dos grupos de maior poder econômico, incluindo as empresas que financiam os candidatos, e poderiam acabar emplacando o financiamento privado por despreparo do eleitor para identificar as estratégias dos grupos monopolizadores da comunicação.

b) Sem a validação do Congresso, as decisões do plebiscito não seriam implantadas e legalizadas.

3 – Constituinte exclusiva para a reforma política:

Professores, profissionais da saúde, segurança, sindicatos, artistas, movimentos de defesa dos direitos humanos, juristas e diversos segmentos sociais indicariam os nomes de personalidades não integrantes da política que consideram mais preparados para representá-los. O grupo seria empossado por tempo determinado (ex.: 6 a 8 meses). Todas as opções seriam amplamente debatidas e a votação final definiria o sistema que melhor atende aos interesses do país e da sociedade.

Essa via tem a vantagem de reunir representantes da sociedade sem vínculos políticos, afastando o interesse pessoal, além da possibilidade de serem menos vulneráveis à pressão da imprensa por sempre os defensores de cada via esclarecerem as implicações no processo para que a comissão possa debater com amplo conhecimento de causa.

A comissão de notáveis não teria poder de alterar nenhum outro ponto da Constituição.

Após a aprovação do novo sistema político, a comissão seria automaticamente destituída.

VOCÊ SABIA????

- Os países com menores índices de corrupção adotam o financiamento público de campanha como via única ou majoritária de recursos.
- Nos países com maior nível de politização da população, os partidos é que vinculam os eleitores, e não os candidatos. Observe os Partidos Republicano X Democrata nos EUA, o Trabalhista X Conservador no Reino Unido. A população participa ativamente das decisões e prévias do seu partido e atuam como voluntários nas campanhas.

O que dizem por aí...

"EM TODO LUGAR A IMPRENSA É ASSIM MESMO."

"LEIO VÁRIOS JORNAIS, VÁRIAS REVISTAS... SE TODOS DIZEM A MESMA COISA, ENTÃO É VERDADE."

"É UM ATAQUE CONTRA A LIBERDADE DE EXPRESSÃO."

"QUEREM CALAR A IMPRENSA."

CAPÍTULO 10

LEI DOS MEIOS DE COMUNICAÇÃO OU REGULAMENTAÇÃO DA MÍDIA

"JÁ TEMOS DIVERSIDADE DE INFORMAÇÃO. OLHE QUANTAS REVISTAS E JORNAIS NO PAÍS."

CAPÍTULO 10

QUEREM CALAR A IMPRENSA?

Para entender o que está em questão, é preciso relembrar o Capítulo 5 e a teia dos quatro gigantes da comunicação consolidada no Brasil desde a ditadura. Como vimos, a imprensa no Brasil não funciona como nos países desenvolvidos, pois mantém ainda a concentração típica dos regimes não democráticos. Mesmo nos Estados Unidos — que se autoproclama a "terra da liberdade" —, é impensável que o mesmo grupo detenha concessão de TV, rádio e jornal em uma mesma região. Assim como os Estados Unidos, França e Reino Unido adotam esses limites por entenderem que a propriedade cruzada resulta na concentração de vozes e afeta suas democracias.

Observadores internacionais da Unesco analisaram a atual situação do sistema de mídia brasileiro comparando-o com práticas correntes em dez outras democracias — Alemanha, Canadá, Chile, França, Reino Unido, Estados Unidos, África do Sul, Jamaica, Malásia e Tailândia — e com o que é recomendado pela legislação internacional. Os autores, após cerca de um ano de trabalho, recomendam a regulamentação para a mídia no Brasil e afirmam que regular, a exemplo do que ocorre nos países analisados, é garantir a pluralidade, a democratização e o fortalecimento da imprensa.

Como funciona hoje:

Considerando os estados:

- O maior jornal do estado pertence quase sempre à retransmissora da Rede Globo.
- O conteúdo nacional é coletado do jornal *O Globo*, incluindo colunistas.
- Entregando o material nacional pronto, empregam poucos jornalistas.
- Nas questões políticas regionais, seguem a orientação política da Rede Globo de Comunicação.
- Os pequenos jornais locais adotam os de grande circulação como fonte para reproduzir as notícias para seus leitores, ecoando notícias e quase sempre as interpretações dos fatos publicados em *O Globo*, *Folha* e *Estadão*.
- As rádios locais adotam o jornal líder do estado e *O Globo*, *Folha* e *Estadão* como fonte para transmitir as notícias para seus ouvintes.

"A população não sabe que toda a teia da comunicação retransmite um fato ou factoide gerado por um único grupo."

Portanto, o ponto primordial é a restrição dos monopólios. Nos moldes dos demais países, as empresas de comunicação deveriam escolher o segmento em que pretendem atuar.

PROPRIEDADE CRUZADA

Propriedade cruzada é quando um mesmo grupo detém vários meios de comunicação (TV, rádio, jornal impresso) na mesma região, transmitindo um pensamento único. A regulamentação nos países avançados impõe que o grupo que detenha concessão de TV não acumule veículos de outra natureza. Tem TV? Então é só TV.

RESULTADO DA PROPRIEDADE CRUZADA: os gigantes definem os assuntos que serão debatidos em todo o brasil, ocultando ou publicando sem visibilidade o que não é de seu interesse reverberar, e trazendo nas manchetes, em edições sucessivas, questões nem sempre verdadeiras, mas que se espalham como uma onda pelo país, tornando-as praticamente inquestionáveis e de assimilação passiva pela grande maioria dos jornalistas e da população.

Como ficaria com a regulamentação:

É POSSÍVEL CORROMPER, CALAR, COMPRAR, COOPTAR MEIA DÚZIA DE VOZES E CONSCIÊNCIAS, MAS É IMPOSSÍVEL CORROMPER, CALAR, COMPRAR OU COOPTAR CENTENAS DE VOZES E CONSCIÊNCIAS.

Uma imprensa plural e sem monopólio, com múltiplos veículos independentes, é mais confiável, pois sempre haverá vozes divergentes.

A IMPRENSA INVERTE OS FATOS: A MULTIPLICIDADE DE VOZES JAMAIS IMPLICARÁ POSSIBILIDADE DE CENSURA OU DE CALAR A IMPRENSA.

OS DONOS DA COMUNICAÇÃO NO BRASIL (SOBRETUDO OS QUATRO GIGANTES) LUTARÃO COM TODAS AS ARMAS CONTRA A QUEBRA DO MONOPÓLIO, MAS USARÃO PRINCIPALMENTE A "DESINFORMAÇÃO". MANTENDO A COMUNICAÇÃO CONCENTRADA, GARANTEM A MANUTENÇÃO DO SEU PODER POLÍTICO E ECONÔMICO.

ABERTURA OU EXPANSÃO DE NOVOS VEÍCULOS

ASSIM COMO O MAGISTÉRIO, O JORNALISMO É UMA PROFISSÃO QUE ATRAI PERSONALIDADES IDEALISTAS E COM FOCO NO BEM COMUM. NOS ANOS DA DITADURA NO BRASIL, INÚMEROS VEÍCULOS DE IMPRENSA DEIXARAM DE EXISTIR, JORNALISTAS FORAM PERSEGUIDOS, TORTURADOS E ASSASSINADOS POR NÃO SE ALIAREM AO DECRETO DE SILÊNCIO IMPOSTO PELOS MILITARES. MAIS JORNALISTAS PRECISAM DE ESPAÇO E VOZ NO BRASIL PARA DEFENDER AS QUESTÕES RELEVANTES PARA O PAÍS.

Quando se observa que há 632 jornais de circulação diária nos Estados Unidos, não significa que existam 632 megafortunas da comunicação. Em todos os países, os jornais podem ser pequenos negócios regionais e atuar em sistemas de cooperativas para reduzir custos. As cooperativas podem ser organizadas para a impressão de diversos jornais, evitando que cada empresa tenha que adquirir equipamentos de ponta para competir no mercado.

Além da impressão, outra fonte de altas despesas dos jornais é a distribuição. É preciso percorrer as bancas e deixar algumas unidades em cada uma delas. E depois, retornar para acertar as vendas com cada jornaleiro. Para alcançar muitas cidades, o custo se torna ainda maior, o que também pode ser solucionado por meio da distribuição cooperada.

Outra questão a ser abordada é a impunidade dos veículos que omitem informações ou caluniam pessoas inocentes. No Brasil, até mesmo o direito de resposta perdeu espaço na prática, e as indenizações, quando ocorrem, são de valores irrelevantes ou ignoradas pelos devedores, razão pela qual diversas personalidades civis, políticas e empresariais já se viram duramente prejudicadas pela imprensa sem que obtivessem reparação do dano causado. O clássico exemplo é a Escola Base, cujos proprietários foram acusados injustamente de abuso sexual de crianças matriculadas na instituição de ensino, em 1994. A insistência da imprensa no assunto e o erro de condenarem os donos da escola sem lhes conceder o direito de defesa resultaram em revolta popular, que levou à depredação e fechamento da escola, além da prisão dos acusados antes mesmo do julgamento. Após a confissão da mãe de um ex-aluno, que elaborou e colocou em prática o ato de vingança pela expulsão do filho por parte da direção da escola, a Rede Globo foi condenada ao pagamento de indenização milionária por danos morais e materiais. No entanto, o ex-proprietário da escola faleceu em abril de 2014 sem jamais haver recebido um centavo da Globo, depois de passar anos vivendo em situação precária, sem a restauração de sua credibilidade pública e sem que a justiça tomasse qualquer providência no sentido de obrigar a emissora a reparar os danos irreversíveis. O *site* G1, da Rede Globo, noticiou a morte com apenas uma nota, sem mencionar a condenação e sua recusa a pagar a dívida, mesmo sendo a segunda maior e mais rica empresa de comunicações do mundo.

Proibição da propriedade cruzada, formação de cooperativas de comunicação, responsabilidade pela informação e opiniões emitidas, limites e consequências do conteúdo veiculado e outros pontos relevantes devem ser debatidos pela sociedade para que esta se torne capaz de pressionar o Congresso e obter a aprovação de uma regulamentação que resgate a função social dos meios de comunicação.

MÚLTIPLAS AGÊNCIAS DE NOTÍCIAS NACIONAIS E REGIONAIS, MÚLTIPLOS VEÍCULOS DE COMUNICAÇÃO, MÚLTIPLOS ESPAÇOS PARA JORNALISTAS GARANTEM A MULTIPLICIDADE DE OPINIÕES E VARIEDADE DE CONTEÚDO, TORNANDO IMPOSSÍVEL OCULTAR AQUILO QUE OS DETENTORES DO PODER PRETENDEM MANTER ESCONDIDO.

A MULTIPLICIDADE DE VOZES É O ANTÍDOTO CONTRA O VENENO DA CENSURA, DO SILÊNCIO E DA MANIPULAÇÃO.
Nenhum país democrático coloca a imprensa em um pedestal acima da lei, do bem e do mal, como ocorre no Brasil.

Se a imprensa comete abusos, por que o governo não cassa a licença de transmissão, que é concessão pública?
Cabe ao Senado conceder ou cassar licenças de retransmissão. Mas há senadores que são retransmissores da Globo e outros que só se elegeram graças ao apoio da rede de comunicação. Erguer a bandeira da regulamentação é expor-se a perseguições quando já se sabe que não haverá apoio dos demais senadores, pois muitos deles possuem negócios e relações íntimas com os donos das emissoras.

Se a programação é ruim, basta que a pessoa mude de canal, certo?
Errado. As empresas de comunicação possuem especialistas que desenvolvem formas de manter o expectador preso à programação. É comum que conteúdos em todas as áreas, do jornalismo político ao entretenimento, sejam agradáveis, mesmo quando são letais em seus efeitos sociais. O público consumidor da programação é formado por crianças e pessoas de diversas faixas etárias, educacionais e culturais. Delegar a responsabilidade à população é conceder privilégios ao lado mais forte do páreo que pode investir nas mais variadas técnicas de manutenção da audiência e liberá-lo de sua responsabilidade social quando explora uma concessão pública que lhe garante altos retornos financeiros.

Por que o Estado não investe na educação para formar um público crítico?
A escola instrui o aluno, mas é a comunicação social que massifica valores e comportamentos, podendo ditar modismos e influenciar inclusive na importância que a população concederá aos mais variados temas. Uma comunicação de qualidade forma leitores críticos e politizados, ao contrário do que ocorre no Brasil.

O que dizem por aí...

"VAMOS EXIGIR
O FIM DA
CORRUPÇÃO."

"SOU CONTRA
TUDO ISSO QUE
ESTÁ AÍ."

"TEM
QUE MUDAR
TUDO."

“AS COISAS SÓ MUDAM ASSIM.”

CAPÍTULO 11

MANIFESTAÇÕES E MEIOS DE ATUAÇÃO NO AMBIENTE DEMOCRÁTICO

“QUEM É CONTRA A MANIFESTAÇÃO, É CONTRA A EDUCAÇÃO.”

CAPÍTULO 11

Durante a ditadura, muitas manifestações populares chegaram às ruas, diversas pacíficas e outras que geraram confrontos quando o cerco do silêncio se tornou mais agressivo.

FATO GERADOR DOS PROTESTOS: **A ditadura.**
RFIVINDICAÇÃO DAS MANIFESTAÇÕES: **Fim da ditadura.**
MOTE: Abaixo a ditadura.
COMO SE ORGANIZAVAM: **Por meio de reuniões em escolas, sindicatos, clubes, onde se debatia o problema e se organizavam as propostas de ação.**
COMO O EVENTO FOI DIVULGADO: **Boca a boca, entidades de defesa dos direitos humanos, sindicatos, universidades.**

A MAIOR MANIFESTAÇÃO NO BRASIL: **Movimento Diretas Já.**
FATO GERADOR: **A ditadura.**
REIVINDICAÇÃO: **Eleições diretas.**
MOTE: Diretas já.
COMO SE ORGANIZARAM: **Por meio de reuniões em sindicatos.**
COMO O EVENTO FOI DIVULGADO: **Boca a boca, comunicação entre sindicalistas, predominância dos trabalhadores no movimento pacífico.**

CENÁRIO: Importante lembrar que não havia internet e os jornais não divulgavam os locais onde haveria os eventos, como ocorre atualmente. Isso garantia a predominância de pessoas engajadas e conscientes do propósito das manifestações.

Com o advento da internet, um simples *post* é capaz de arrastar multidões para uma ideia ou movimento sem que estejam suficientemente esclarecidas sobre quem são os verdadeiros mentores e os propósitos por trás das manifestações.

OCORRÊNCIAS MUNDIAIS:

Iniciadas nas redes sociais, as manifestações tornaram-se palco de cenas de violência, depredação e estupros coletivos na Praça Tahir, no Egito.

A Primavera Árabe: Por trás de uma denominação poética, foi um movimento surgido nas redes sociais que levou milhares de manifestantes para as ruas em diversos países árabes. Sem um foco definido, as reivindicações foram aumentando conforme aumentava a participação popular, surgindo divergências e conflitos entre os próprios manifestantes. A violência tomou conta da população, gerando estupros em massa e linchamentos em meio às manifestações.

Reivindicações: Deposição dos governantes, liberdade de imprensa, liberdade de organização sindical, libertação de presos, novas constituições.

Resultado: Após a deposição dos governantes, foi se tornando cada vez mais nítida a influência de interesses estrangeiros por trás dos atos de convocação da população pela internet. A Irmandade Muçulmana (organização jovem islâmica radical) foi treinada para atuar nas redes sociais e exerceu forte influência na propagação do movimento. Também ficou clara a participação de forças americanas bancadas por empresas com interesses econômicos nos países.

Após o aparente sucesso da iniciativa, as divergências sobre o grupo que deveria assumir o poder levaram a sangrentas lutas entre os próprios manifestantes e a população em geral. Eleições foram adulteradas e o conflito se generalizou sem que encontrassem uma via de consenso, o que perdura ainda hoje. Tão logo um governante ocupa o poder, os contrários vão para as ruas exigir novamente a deposição.

A economia desses países foi esfacelada, com fechamento de empresas, desemprego em massa, cidades destruídas e o retorno de grande parte da população à situação de miséria e fome.

O Egito, antes roteiro turístico obrigatório, afugentou os visitantes receosos da violência no país. Sem trabalho, sem estabilidade política e econômica, sem expectativas de solução da crise, diversos países afundam cada vez mais no poço dos problemas sociais.

POR QUE ISSO ACONTECE?

RESPOSTA: PELA FORÇA DAS "ONDAS"

O QUE SÃO AS "ONDAS"?

Todos nós somos permeados por pensamentos ou ideias que contaminam o entendimento pela força das ondas, que são discursos impostos, comumente planejados por interesses econômicos e disseminados por diversas vias sem o debate de várias correntes para formação de uma opinião consistente e socialmente responsável. Fincadas em argumentos de bases frágeis, mas de forte apelo popular, as ondas contaminam o pensamento das multidões que cedem a ela instintivamente sem pesar as consequências de médio e longo prazo.

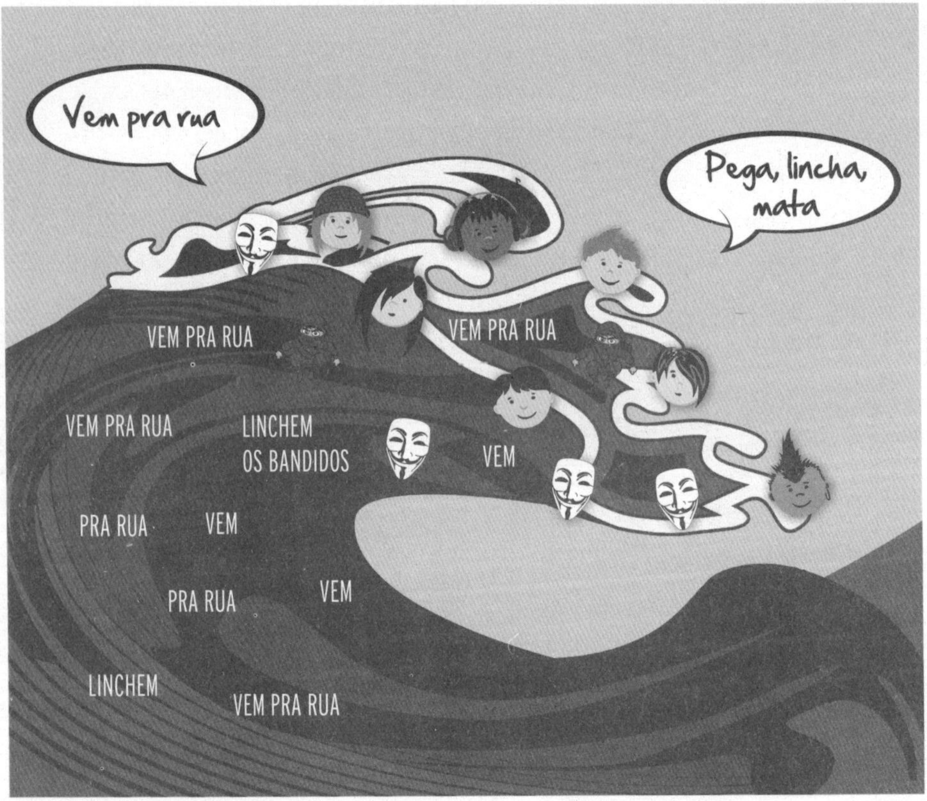

MANIFESTAÇÕES NO BRASIL

Em maio de 2013, um movimento contra o aumento das passagens, que ocorre todos os anos em quase todas as capitais do

Brasil quando as tarifas sofrem reajustes, foi combatido com brutal violência pela polícia militar de São Paulo. Os quatro gigantes da imprensa paulistana saíram em defesa do governador de São Paulo e contra os manifestantes, mas pelas redes sociais, o sentimento de indignação produzido pelas imagens que se multiplicavam pela internet levou dezenas de jovens a prestar apoio aos integrantes do Movimento Passe Livre e se juntar a eles nos protestos. Como a violência policial cresceu na mesma proporção, a indignação da população passou a ser crescente, bem como a participação dos jovens, que foram para as ruas em protesto.

Ao perceber que seria impossível estancar a força do movimento que prejudicava o governo paulista, os quatro gigantes mudaram o discurso ao mesmo tempo, utilizando simultaneamente uma nova expressão (o que revela se tratar de uma estratégia planejada em conjunto), passando a tratar os protestos como um movimento de indignação não contra a violência policial, mas contra a corrupção. Assim, novos adeptos foram atraídos pelos movimentos, que passaram a ganhar grande espaço nas TVs e jornais. Uma manifestação nacional programada para o dia 20 de junho foi anunciada tão exaustivamente pela imprensa que mais parecia uma convocação nacional. A cobertura dos veículos de comunicação insistia na tese de que era um protesto contra a corrupção no governo, disseminando a ideia de entidade mágica do governo federal ao qual todas os problemas eram atribuídos, mesmo com o conhecimento da imprensa das diferentes atribuições dos governos federal, estadual e municipal. Também as questões relativas ao legislativo e judiciário entravam no mesmo cesto da figura onipotente e onipresente de uma entidade inexistente que a imprensa insistia em denominar como "governo", enquanto exibia imagens que remetiam à presidente do país.

Foi quando a falta de formação política da população brasileira se revelou assustadoramente letal para a democracia.

O QUE HOUVE DE ERRADO COM AS MANIFESTAÇÕES QUE TERMINARAM SEM PRODUZIR NENHUM EFEITO?

Resposta: Não havia reivindicação.

Analisando as pautas de reivindicações:

Pauta em poucas palavras que indicam uma ação objetiva.

ABAIXO A DITADURA: Pedia a saída dos militares do poder e o retorno ao regime democrático.

DIRETAS JÁ: As eleições diretas para presidente eram uma promessa nunca cumprida. A população reivindicava que o pleito seguinte fosse por meio do voto popular.

VOTO PARA MULHERES: Inclusão do voto feminino.

Pauta das manifestações de junho de 2013:

"Menos ônibus, mais trilhos"; "Saímos do Facebook";

"Hey, polícia, vinagre é uma delícia";

"Larga o Candy Crush e vem pra rua."

"Mais educação e menos bumbum girando";

"Não à PEC 137";

"Sim às reformas política, tributária, código penal"

"As pessoas vão ver que estão sendo roubadas! Vamos pra rua!";

"A ressurreição dos jovens. Agora vocês vão nos temer. Isto é o começo de uma revolução."

Observe que no caso dos motes "Não à Ditadura", "Diretas Já", "Voto para Mulheres", o alvo era uma ação do Congresso.

Vamos simular essas questões se colocadas em votação. Em que resultariam?

SIMULAÇÃO DE UMA VOTAÇÃO NO CONGRESSO:

1 – Não a Ditadura

Relator da proposta: "O povo pede o fim do regime militar e a volta do regime democrático. Responda **SIM** se for a favor, **NÃO** se for contra".

*Caso a maioria respondesse **SIM**, estava decretado o retorno da democracia nos moldes anteriores ao golpe e os militares estariam destituídos dos cargos, que seriam providos por meio de eleições diretas.*

2 – Diretas Já

Relator da proposta: "O povo pede que a próxima eleição seja por meio do voto direto. Responda **SIM** se for a favor, **NÃO** se for contra".

*Se a maioria respondesse **SIM**, o TSE passaria a organizar as eleições com direito ao voto popular.*

3 – Voto para Mulheres

Relator da proposta: "As mulheres pedem o direito de votar. Responda **SIM** se for a favor, **NÃO** se for contra".

*Se a maioria respondesse **SIM**, seriam providenciadas medidas para emissão do título eleitoral para as mulheres, que passariam a ter direito de comparecer às urnas.*

Apesar de a população ter manifestado milhares de pedidos, imposições e colocações sem nexo, vamos analisar a pauta que a imprensa noticiava como sendo as dos manifestantes: educação, saúde, fim da corrupção.

Agora, vamos simular questões das manifestações de junho em uma possível votação no Congresso.

1 – Mais educação

Relator da proposta: "O povo pede mais educação. Responda **SIM** se for a favor, **NÃO** se for contra".

Os deputados se perguntariam se querem mais escolas, mais tempo de aula nas escolas, se o termo educação se refere à formação acadêmica ou social. Se a maioria respondesse ***SIM****, o Congresso poderia adotar algum entendimento com critérios próprios e validar uma lei exigindo que os prefeitos e governadores pagassem aos professores o piso salarial da categoria, ou exigindo que governadores e prefeitos reformassem e construíssem escolas, ou que investissem o percentual obrigatório da receita na educação. Mas todas essas determinações já existem e não são cumpridas por boa parte dos governadores e prefeitos. O resultado seria apenas uma espécie de recomendação, ou de mais uma das infinitas recomendações que permanecem ignoradas. Portanto, o resultado não pode ser aferido nem se trata de uma medida a ser aprovada, pois não foi feita uma especificação.*

2 – Mais saúde

A situação se repetiria. Seria a exigência popular o aumento do valor de repasse do governo federal para os governadores e prefeitos? Ou estariam exigindo que governadores e prefeitos parassem de desviar verbas, colocassem na direção de hospitais seus amigos ou correligionários sem qualquer experiência no setor, ou que mantivessem os hospitais com o mínimo de higiene e organizassem as compras de insumos para garantir atendimento digno?

3 – Pelo fim da corrupção

De todas, essa seria a votação com resultado mais previsível.

TODOS *os deputados votariam* ***SIM****. Mas sairiam de lá diretamente para seus gabinetes lotados de funcionários desnecessários, pegariam os* *carros oficiais adquiridos com dinheiro público, com combustível pago também com dinheiro público, iriam para suas moradias custeadas por recursos públicos e continuariam a "pedir ajuda para campanhas" com o compromisso de restituir por meio de polpudos contratos pagos com dinheiro público.*

Ainda poderiam alegar que a população pede o fim da corrupção praticada por servidores públicos, muitos deles ocupantes de cargos de carreira que aliciam fornecedores para lhes pagar comissões superfaturando notas, ou cobram para agilizar pagamentos, tudo isso em gabinetes dos municípios, estados e união, câmaras de vereadores, deputados estaduais e federais, gabinetes do judiciário em todo o país.

Corrupção não é aferível, dosada, quantificada, e é alimentada por falhas nos sistemas, desde os eleitorais até os de controle administrativos.

*Se as manifestações tivessem o mote certo, como o fim das doações para campanhas, a resposta do Congresso seria **SIM**, pois os políticos são sensíveis à opinião pública. Obviamente tentariam uma forma de protelar indefinidamente a validação da lei, mas bastaria que a população se mantivesse mobilizada e atenta para a consolidação de um novo sistema que daria a resposta pretendida para quem entende a necessidade premente do combate à corrupção no Brasil.*

Sem os debates necessários para identificar problemas e soluções, os manifestantes bradaram a esmo e inutilmente. Retratando a seriedade dos propósitos, os manifestantes desocuparam as ruas tão logo chegaram as férias escolares com os atrativos das viagens à praia ou às festas.

Para o Brasil foi uma grande sorte a proximidade das férias escolares, ou logo poderíamos assistir em território nacional aos horrores da violência crescente nos moldes da Praça Tahir, no Egito.

Movimentos de rua sem liderança e propósito definido acabam sempre sendo adotados por quem se interessa em manipular situações em proveito próprio. São iniciativas perigosas porque nunca se pode prever os desdobramentos e consequências.

As manifestações podem ocorrer de forma pacífica e produzir bons efeitos, desde que tenham um eixo norteador claro e delimitado, proposta passível de uma resposta restrita ao SIM ou NÃO e de providência imediata para validação.

A França é um país onde ocorrem diversas manifestações de rua. Em fevereiro de 2014, os franceses foram aos milhares às ruas para dizer SIM ao casamento *gay*, e outros milhares foram também às ruas para dizer NÃO ao casamento *gay*. Em abril de 2014, foram aprovadas na Câmara dos Legisladores a união entre pessoas do mesmo sexo. Nenhuma outra manifestação ocorreu após a aprovação. Venceu a democracia, um instrumento que jamais agradará a todos em todas as circunstâncias, mas que permite a civilidade nas relações sociais, desde que a população aprenda a respeitar os princípios democráticos.

APRENDENDO A PARTICIPAR ATIVAMENTE DO REGIME DEMOCRÁTICO

>> Políticos possuem equipes especializadas para monitorar os comentários postados na internet. Ao perceberem que determinada medida é impopular e compromete sua reeleição, atuam no sentido de manter o apoio de seu eleitorado.

>> A exemplo da Ficha Limpa, há diversas ações populares tentando obter o número de assinaturas necessárias para serem apresentadas ao Congresso como projeto de lei de iniciativa popular. A proibição da propaganda de bebidas alcoólicas, por exemplo, vem

sendo tentada por diversas instituições e organizações sociais, mas esbarra invariavelmente no poder econômico dos fabricantes, que são generosos doadores de dinheiro para campanhas políticas. Você pode colaborar assinando pela internet. Assim como os problemas do transporte público jamais serão sanados enquanto as empresas de transporte puderem contribuir com recursos para campanhas, obtendo em troca o direito a longos contratos, e quem perde é a população. Problemas como esses podem ser alvo de ações populares.

DEVEMOS ENVIAR *E-MAILS* DE PROTESTOS OU INCENTIVO A DEPUTADOS E SENADORES. O VOLUME DELES PRODUZ VERDADEIROS MILAGRES.

PENSE NISSO ANTES DE VOTAR

>> Se você vota no primo ou cunhado do amigo para ajudar seu conhecido, perde o direito de reclamar se os políticos distribuírem cargos e benesses para amigos e conhecidos. Não faça favor com o destino alheio.

>> Ser responsável implica capacidade de fazer escolhas. Se você sentir uma dor que o incomoda e só tiver ao alcance três medicamentos que não são os mais eficazes, ainda assim escolherá um deles para ao menos aliviar o incômodo. O voto é um remédio social, e se nenhum candidato lhe parecer a solução definitiva, vote no que considerar um paliativo, mas não deixe de votar.

>> Não existe voto de protesto, existe voto de preguiça. Em todas as eleições, centenas de novos nomes surgem no cenário eleitoral. Dizer que nenhum deles está à altura do seu padrão de exigência equivale a uma confissão de pouca vontade de empregar seu tempo para um assunto que, na verdade, nem lhe interessa.

A MAIOR E MAIS EFICAZ REVOLUÇÃO POLÍTICA É A CONSCIENTIZAÇÃO E POLITIZAÇÃO DOS ELEITORES.

QUINTA PARTE

Como Escolher seus Candidatos

O que dizem por aí...

"DE PROMESSAS O INFERNO ESTÁ CHEIO."

"JÁ QUE SÃO TODOS IGUAIS, NA HORA ESCOLHO QUALQUER UM."

"DETESTO HORÁRIO ELEITORAL."

"ESCOLHO O QUE FALA MELHOR."

CAPÍTULO 12

PARA IDENTIFICAR A COERÊNCIA NAS PROPOSTAS

"ELES SÓ SABEM PROMETER O QUE NÃO VÃO CUMPRIR"

CAPÍTULO 12

DICAS PARA ESCOLHER BEM O CANDIDATO AO CARGO LEGISLATIVO

1 — Entenda o voto como uma prevenção para riscos futuros

Não se deixe empolgar por frases de efeito. Coloque-se no lugar de cada ator social, imagine-se no lugar do rico e no lugar do pobre, como empregado e em busca de um emprego, sadio e doente, branco e negro, com condições de pagar uma faculdade para os filhos ou sem garantias de que eles terão uma formação superior, com o plano de saúde em dia e sem ele... Entenda que é nos momentos das adversidades que o governo se faz mais necessário, e como a vida é imprevisível, não despreze o fato de que as mudanças podem colocá-lo em uma posição diferente. Por isso, é preciso pensar nos sistemas políticos como remédios sociais, e você é apenas um cisco no terreno social. Um país só cresce quando crescem todas as suas regiões, assim como a prosperidade só se consolida quando atinge a todos. A política, quer seja no exercício da função pública ou no papel do eleitor, deve ser sempre um ato solidário e uma expressão de generosidade. A diferença entre país e nação é o povo. Um voto só é realmente válido quando se destina ao coletivo.

2 — Reflita sobre sua tendência ideológica com base no Capítulo 1

A segunda coisa a fazer é refletir sobre o sistema que parece garantir o melhor resultado para toda a sociedade e para o país. Você se identifica mais com os ideais da direita, esquerda ou centro?

3 — Após essa definição, separe os partidos que são da linha ideológica de sua preferência, defina o candidato ao cargo executivo em que votará (presidente, governador ou prefeito) e passe a considerar os candidatos da mesma base para apoiar as medidas propostas pelo chefe do Executivo

Muitos candidatos não possuem compromisso ideológico e não se acanham em dizer qualquer coisa para agradar o eleitor. Uma grande maioria dos políticos de carreira contrata pesquisas para entender quais são os anseios do eleitor e marqueteiros para escrever suas falas e propostas com base nos resultados apurados. Portanto, verifique se a fala do candidato coincide com a ideologia do partido e com as ações que você espera ver implementadas por seu candidato ao Executivo.

4 — Lembre-se de analisar a coerência

O candidato que promete baixos impostos e melhoria de serviços públicos gratuitos, ou não sabe nada sobre política ou quer apenas agradar a qualquer preço. Todos os países que oferecem proteção ao trabalhador e boa rede de serviços públicos têm altas cargas tributárias, a exemplo de toda a Europa. Apenas os países capitalistas operam com impostos reduzidos, mas não oferecem amparo social à população em tempos de crise ou serviços gratuitos. Universidades gratuitas não existem nos países capitalistas. Entenda quais as posições políticas dele. Se está em um partido capitalista falando em programas sociais, já sabe que não combina. O mesmo acontece com o candidato está num partido socialista pregando a meritocracia.

5 — Esqueça as palavras, foque nos atos

Candidatos a reeleição contam apenas maravilhas de suas atuações, inclusive os deputados mais faltosos e os que nunca tiveram um único projeto aprovado. Por isso, vá ao Google. Ignore as piadas, zoeiras e correntes, leia tudo que aparecer em blogues e jornais. Encontrando alguma denúncia, verifique se o candidato apresentou alguma defesa e veja sempre os dois lados da questão.

Durante o mandato, veja como ele votou em cada situação, o que defendeu, em que se omitiu, a que propostas foi contra. Entenda que um candidato que votou contra a CPI do trabalho escravo, defendendo os ruralistas, certamente prometerá defender os direitos dos trabalhadores, mas não o fará.

Se durante todo o mandato o candidato passou em brancas nuvens, esqueça-o. Ele estava lá para trabalhar, e não para bater ponto. Uma análise do histórico mostrará que muitos deputados, vereadores e senadores foram coerentes e atuantes em seus mandatos, enquanto outros se envolveram em escândalos que não chegaram a seu conhecimento e que você poderá descobrir na internet.

6 — Identifique os políticos que são samba de uma nota só

Muitos deputados só se manifestam em favor de um assunto. Isso não significa empenho em prol de uma causa, mas a percepção de que basta garantir uma fatia do eleitorado. A Câmara dos Deputados representa o povo. Pensar o país pela óptica de uma única categoria revela insensibilidade e apatia social.

7 — Se você quer renovação do Legislativo, preste atenção nos novos nomes

Não se renova um armário com roupas usadas, mas cuidado para não jogar fora uma camiseta Lacoste para colocar no lugar uma malha sintética que rasgará na primeira lavada. Assista aos programas eleitorais, ainda que lhe pareçam uma sucessão de anomalias. É lá que você descobrirá as novidades que podem fazer diferença. Em todas as eleições surgem candidatos sobre os quais você nunca ouviu falar. Anote o nome, veja o partido pelo qual se apresenta e analise se o discurso dele coincide com a linha da legenda. Pesquise na internet se há algo sobre ele. Se o candidato se apresentar como defensor das comunidades carentes, mas nunca participou de uma atividade voluntária, elimine-o da lista. Se passar pelo primeiro crivo, continue avaliando seu comportamento no decorrer da campanha, o volume de gastos, se há alguém influente por trás de sua candidatura e se é capacitado para defender suas propostas.

VOLTE JÁ PARA A SALA.

O HORÁRIO ELEITORAL É O MELHOR PROGRAMA DA TV BRASILEIRA!!! (VERDADE)

Imagine-se em uma entrevista de emprego em que o entrevistador lhe desse somente quinze segundos para se apresentar e falar de seus projetos de vida.

Aprendendo a avaliar candidatos no programa eleitoral
Com apenas quinze segundos, perceba que o candidato vai falar do que é mais vital em relação ao seu objetivo. Aqueles que gastam os quinze segundos implorando por seu voto desejam apenas o emprego. Os que desperdiçam o tempo sem dizer nada que seja minimamente relevante mostram que seu conteúdo político é igualmente irrelevante. Mas você também encontrará ali o candidato que em quinze segundos concederá prioridade ao essencial, à alma de seu projeto ou visão política. Esse merece sua atenção.

LEMBRE-SE:

1) O CANDIDATO DOS SEUS SONHOS, AQUELE QUE RESOLVEU CONTRIBUIR COM AS MUDANÇAS, PODE NÃO TER MEIOS PARA CHEGAR ATÉ VOCÊ SENÃO PELO HORÁRIO GRATUITO. É PRECISO ASSISTIR À PROPAGANDA ELEITORAL PARA CONHECER AS NOVAS OPÇÕES.
2) NÃO VOTE NEM RENOVE O VOTO EM QUALQUER CANDIDATO SEM FAZER ANTES UMA PESQUISA PARA VER SE NÃO HÁ DENÚNCIAS DE CONDUTAS IMPRÓPRIAS EM SUA ATUAÇÃO PROFISSIONAL. NÃO ESQUEÇA DE OUVIR AS DUAS PARTES E ANALISAR JUSTIFICATIVAS E EVIDÊNCIAS.

8 — Verifique se o candidato já não entra com excesso de gastos na campanha

Altos investimentos sempre correspondem a altos retornos aos financiadores. O abuso do poder econômico revela fragilidade de ideal social. Se chegar à conclusão de que um determinado nome merece sua confiança, mas não possui recursos para alavancar a campanha, atue como apoiador voluntário e apresente o nome e as razões que o levaram a essa escolha para seu círculo pessoal.

9 — É importante haver diversidade entre representantes do povo

Entre 513 deputados federais, apenas 46 são mulheres. O número de negros é ainda menor, somente 43. Não é preciso ser mulher ou negro para entender a necessidade da diversidade nos fóruns de debate. Pense em como você pode contribuir com seu voto para evitar a concentração de representantes de segmentos únicos e discriminatórios e materializar a verdadeira democracia que inclui ricos e pobres, empresários e empregados, jovens, adultos e idosos dos mais diversos ofícios e classes sociais, sem discriminação de sexo ou raça.

Como escolher seu candidato a presidente, governador ou prefeito

O grande equívoco do eleitor é considerar-se capaz de identificar o melhor candidato por instinto. Se fosse para gerenciar sua empresa ou investimentos, sem dúvidas você checaria as informações e o desempenho pregresso do candidato e não confiaria apenas na empatia.

Candidatos a reeleição ou que já ocuparam cargos executivos deixam sua assinatura nos resultados de suas administrações. É muito fácil citar uma lista de obras na propaganda eleitoral, pois quatro anos ocupando uma cadeira têm necessariamente que produzir algumas obras, por menos relevantes que sejam.

Pense no que ele introduziu de realmente novo. Todos os partidos alardeiam programas sociais diversos, mas o importante é ver o volume de recursos que aplicou. Programas de recuperação de dependentes químicos com oferta de 90 leitos para todo o estado já foram anunciados como o grande feito de um candidato ao governo. Construção de estradas (lembre-se de que muitos só fazem reformas por serem de baixo custo), número de leitos hospitalares... Vá atrás dos números, dos indicadores dos avanços ou retrocesso em cada esfera já discriminados no capítulo 4.

SEMPRE VERIFIQUE SE AS DENÚNCIAS SÃO APRESENTADAS COM PROVAS, DUVIDE DE QUEM ACUSA E DE QUEM SE DEFENDE ATÉ ENCONTRAR ELEMENTOS CONCRETOS EM QUE POSSA APOIAR O SEU JULGAMENTO. AS TROCAS DE ACUSAÇÕES SÃO COMUNS, MAS HÁ MUITA ACUSAÇÃO GENÉRICA E SEM EMBASAMENTO. NÃO PERMITA QUE O MAIS LEVIANO CONQUISTE O SEU VOTO.

- Compare os resultados da sua cidade com outras cidades do estado no mesmo período para analisar prefeitos. Veja se o seu estado evoluiu ou retrocedeu em relação aos outros do país para escolher o governador, e se o país está melhor ou pior em relação aos demais países. Sempre compare, veja como estavam os indicadores quando o gestor tomou posse comparando com indicadores ao fim do mandato, e a evolução ou retrocesso em relação aos seus similares no decorrer do mesmo período, sejam eles municípios, estados ou países.

- Leia muito, cheque todas as fontes, desligue-se do hábito de ler somente o que respalda suas preferências e aprenda a analisar com justiça as duas ou mais faces da informação.

O que dizem por aí...

“DADOS SÃO TODOS MANIPULADOS.”

“LI NUM *POST* QUE O SENADO APROVOU...”

“FIQUEI SABENDO PELA INTERNET...”

"SEI PORQUE VEJO OS MEUS AMIGOS..."

CAPÍTULO 13

PARA IDENTIFICAR A CONFIABILIDADE DA INFORMAÇÃO

"NÃO SOU IDIOTA DE CONFIAR EM DADOS OFICIAIS."

CAPÍTULO 13

Se os ex-presidentes não denunciam manipulação nos dados econômicos oficiais sobre seus governos, os presidentes recentes não acusam manipulação nos dados, os partidos também não, economistas não, organizações internacionais não... Isso significa que sou o maior GÊNIO do mundo?

PARA ENTENDER OS DADOS

Há quem diga que dados são manipuláveis. Se é assim, por que nenhum ex-presidente ou ex-governador reclama ou protesta contra o registro histórico do seu desempenho? Observe como os gestores e seus opositores nunca negam os dados de inflação, desemprego, PIB, renda *per capita*, apenas os criticam ou justificam, mas nunca há controvérsias sobre a validade ou legitimidade. Dependeriam eles da astúcia e iniciativa de um anônimo cidadão para defendê-los ou alertá-los? É óbvio que não. Em todos os veículos de comunicação, os dados são publicados corretamente. O que varia são as "considerações" desenvolvidas com base neles.

Os dados oficiais não são contestados porque há um modo de aferição com critérios definidos e fiscalização de partidos e entidades nacionais e internacionais. Quando ocorre alguma falha ou alteração de metodologia, o protesto aparece imediatamente por parte dos que se veem prejudicados, gerando correção imediata. Por isso, os dados do desemprego, PIB, renda *per capita*, inflação, IDH, evolução do endividamento do município, estado ou país nunca divergem, seja nos registros do Banco Mundial, do FMI, das agências de investidores internacionais. Em qualquer lugar que pesquisar, os dados serão os mesmos.

A MANIPULAÇÃO NÃO OCORRE POR MEIO DOS DADOS, QUE SÃO OS MESMOS EM TODOS OS AMBIENTES OFICIAIS NACIONAIS E INTERNACIONAIS. O QUE OS JORNAIS E TVs FAZEM É ACRESCENTAR UMA OPINIÃO QUE CONFUNDA O ENTENDIMENTO. "Ex.: Inflação fica em 5,9%, mas 'analistas' afirmam que o resultado piora no ano que vem".

Portanto, COLETE O DADO E IGNORE A OPINIÃO, FAZENDO SEUS PRÓPRIOS COMPARATIVOS.

JORNALISTAS E ECONOMISTAS NÃO SÃO MÃES DE SANTO, NÃO SÃO VIDENTES, NÃO TÊM BOLA DE CRISTAL. ESQUEÇA AS PROJEÇÕES E FAÇA SUA ANÁLISE COMPARANDO AS INFORMAÇÕES. DADOS SOBRE QUALQUER ASSUNTO RETRATANDO VINTE ANOS PODEM LHE DAR UMA EXCELENTE VISÃO DO DESEMPENHO DE PREFEITOS, GOVERNADORES, PRESIDENTES E PARTIDOS.

Para avaliar a qualidade da gestão de um candidato, basta considerar como se a avaliação fosse de um gerente de empresa. Ele produziu lucros ou prejuízos durante os anos de sua gestão? A empresa acumulou dívidas ou quitou as que tinha? Houve ampliação das instalações e do estoque de mercadorias? Como essa empresa estava em relação aos seus concorrentes? Perdeu ou ganhou espaço? Quantos funcionários havia na data em que o gerente assumiu o cargo e quantos há agora? Os salários dos funcionários cresceram ou foram reduzidos?

Esses são alguns dos elementos objetivos que devem ser adotados para análise do desempenho tanto de gerentes de empresas como dos gerentes do poder público.

NUNCA AVALIE OS DADOS ECONÔMICOS ISOLADOS DOS SOCIAIS. LEMBRE-SE DE QUE HITLER TERIA UMA ENORME ELEVAÇÃO DA RENDA *PER CAPITA* COM A ELIMINAÇÃO DO POVO JUDEU.

BONS INDICADORES ECONÔMICOS COM ALTA CONCENTRAÇÃO DE RENDA GERA PAÍSES COMO MUITOS DO ORIENTE MÉDIO, ONDE APENAS ALGUMAS FAMÍLIAS VIVEM EM CONDIÇÕES NABABESCAS AO LADO DA MISÉRIA DA POPULAÇÃO.

O que dizem por aí...

"SE A 'INTERNET' NÃO É CONFIÁVEL, COMO VOU SABER?"

"OS DADOS INDICAM QUE ESTÁ BOM, MAS AS 'PREVISÕES' INDICAM QUE VAI FICAR PÉSSIMO."

"CADA UM PUBLICA OS DADOS COMO QUISER."

"TEM *SITE* PRA SABER SE O GOVERNADOR FOI BOM OU RUIM?"

CAPÍTULO 14

SITES COM BANCOS DE DADOS PARA CONFERIR OS RESULTADOS DAS ADMINISTRAÇÕES

"COMO VOU TER MINHA PRÓPRIA OPINIÃO SE NÃO SEI ONDE POSSO ENCONTRAR DADOS CONFIÁVEIS?"

CAPÍTULO 14

ONDE ENCONTRAR ESSAS INFORMAÇÕES

Pesquisadores menos experientes podem obter dados na internet observando os seguintes critérios:

- Nem tudo que é publicado é imprensa. Aliás, a maioria não é.
- Blogues que escondem a identidade do responsável pela informação devem ser considerados lixo eletrônico.
- *Posts* de Facebook e correntes de *e-mail* sem a referência da informação são lixo eletrônico.
- Muitos *posts* apresentam referências falsas, como número de processos e *links*, porque sabem que a maioria das pessoas não checa. Confira todos.

- Jornais são ótimas fontes de dados, desde que você os colete sem ligar para as opiniões que são elaboradas com o propósito de manipular o leitor. Faça sua própria análise comparando os dados coletados com os de períodos anteriores para ver se os resultados são positivos ou não. As séries históricas, englobando de dez a vinte anos, embasam as análises de forma mais consistente.

- Nunca confunda "previsões" e "estimativas" com informação. Consulte os dados já consolidados.

- No começo do ano são aferidos os resultados de todas as esferas da administração pública. Adote como referência sempre os dados anuais, pois no decorrer do período as entressafras e piques do comércio resultam em aferições bimestrais ou semestrais que não se confirmam na média final.

- **BANCO CENTRAL**

  https://www.bcb.gov.br/?INDECO

  Entre outras informações, você poderá consultar a dívida do estado ou município ano a ano, conferindo as gestões financeiras dos candidatos.

- **IPEAdata** (INSTITUTO DE PESQUISAS AVANÇADAS)

  http://www.ipeadata.gov.br/

  Reúne diversas pesquisas e dados financeiros com fontes variadas, tais como o Banco Mundial, FMI, FIESP, IBGE, FGV, OIT (Organização Internacional do Trabalho), Agências de Investidores Internacionais etc.

- **IBGE**
  http://www.ibge.gov.br/home/
  Reúne pesquisas que fornecem um retrato do Brasil.

Os dados do Banco Mundial, ONU, FMI, OIT e demais instituições internacionais são facilmente encontrados nos *sites* de busca, mas verifique se a publicação está num veículo que responde legalmente pelas informações divulgadas.

Impressão e acabamento:

Orgrafic
Gráfica e Editora
tel.: 25226368